# 심심포차 심심 사건

# 심심포차 심심 사건

홍선주 장편소설

네오픽션

## 차례

“내 안에는 지친 마음이 있다.
그러나 그것은 선한 마음이다.
그 마음은 어느 누구도 해치고 싶어 하지 않는다.”

1930년대 뉴욕에서 가장 위험한 범죄자 중 한 명이었던
‘쌍권총 크로울리’

# 첫 번째 날.
# 그 여자의 비밀

설 분위기가 사그라진 금융가의 밤공기는 여전히 차가웠다. 나는 머플러로 꽁꽁 싸맨 얼굴에서 눈만 내놓은 채 휴대폰의 시간을 확인했다. 새벽 한시 이십팔분. 보통 때보다 작업을 일찍 마치긴 했지만 하루로 치자면 너무 늦은 시간이면서도 너무 이른 시간이었다. 사방은 어둠으로 채워져 띄엄띄엄 서 있는 가로등의 불빛만이 한적한 길을 뿌옇게 밝히고 있었다.

내 직업은 프리랜서 프로그래머라고 하면 될까. 업무 대부분은 집에서 원격으로 처리할 수 있지만 간혹 프로젝트 상황에 따라 데이터가 보관된 서버실에서 직접 작업해야 하는 경우도 있다. 이번에 진행하는 프로젝트가 바로 그런 일이었다. 그래서 오랜만에 출퇴근하게 된 것이다. 물론 남들과는 상반된 시간대였지만.

이곳 사람들이 '빌딩계곡풍'이라 부르는 살을 에는 바람이 거세게 몰아쳤다. 나는 카키색 가죽 장갑을 낀 손으로 겉옷을 바짝 여몄다. 바삐 걸음을 옮겨 빌딩 사이의 좁은 길로 방향을 틀었다. 요 며칠 다니면서 발견한, 바람을 피해 최대한 빨리 큰길에 다다르는 지름길이었다.

그곳으로 걸음을 들인 지 얼마 되지 않았는데 좁고 어두운 길을 지나오는 내 구두 소리 뒤로 누군가의 발소리가 더해졌다. 처음엔 내 발소리가 울리는 건가 싶었지만 어딘가 이상했다. 결국 잠시 걸음을 멈추고 뒤따르는 소리에 귀를 기울였다. 나와 함께 멈춘 소리의 울림은 내가 다시 걸음을 떼자 달라진 리듬으로 나를 쫓았다.

등골이 오싹해지며 본능적으로 위험을 직감했다. 거세지는 심장박동을 느끼며 최대한 빠르게 몸을 움직여 건물의 어두운 그림자를 빠져나가려 했다. 하지만 내 걸음을 따라오던 소리도 함께 속도를 냈다. 식은땀까지 흐르면서 머릿속이 복잡해지기 시작했다. 누가, 왜 나를 쫓는 거지? 한 명인가? 혹시라도 붙잡히면 나는 과연 저 사람을 떨쳐내고 도망칠 수 있을까?

이런 상황과 맞닥뜨릴 때마다 내가 여자라는 사실이 너무도 싫었다. 남자라면 이런 위협을 느낄 필요도 없으니까.

잰걸음으로 뛰다시피 걸었다. 도움을 청할 만한 곳을 찾아 주위도 살폈다. 그러나 캄캄하고 좁은 길엔 급히 몸을 숨길 구조물조차 보이지 않았다. 뒤를 쫓는 발소리가 가까워지는 걸 느낄수록 심장은 더 불규칙하게 요동치기 시작했다. 숨이 점점 가빠지자 어린 시절의 악몽 같은 기억까지 불현듯 떠올랐다.

보육원의 친구들, 아니 그 아이들은 나를 '괴물'이라고 불렀다.

그들은 내가 가진 신체적인 '다름'을 기괴한 동물이 가진 '무엇'으로 보았다. 처음 만났을 땐 오히려 나를 두려워했다. 그들과 다른 내 모습을 경계하며 내 눈을 피하고 나를 피했다.

하지만 시간이 흐르자 나는 혼자였고 그들은 여럿이 되었다. 머릿수가 많아지자 그들은 그것이 곧 힘이라는 것을 알게 됐다. 나를 두려워해야 할 존재가 아니라 자신들의 힘으로 억압할 수 있는, 괴롭힐 수 있는 존재라는 것을 깨달았다. 어린아이의 순수라는 것은 그런 본능을 일찌감치 깨우치는 천성이었다.

그들은 동료가 생기면 "괴물 잡으러 가자!"라고 외치며 내 뒤를 쫓았다. 나는 어떤 해코지도 한 적이 없는데, 그들은 그저 자신들의 힘을 과시하기 위해 혹은 재미를 위해 나를 쫓았다.

나와 다른 그들이 몰려오는 게 두려워 도망 다녔다. 그들의 손이 닿지 않도록 뛰고 또 뛰었다. 하지만 내가 그럴수록 그들은 더욱 신이 나서 나를 쫓았다. 내 발소리 뒤로 그들의 발소리가 덮였다.

우다다다. 괴물이다, 괴물을 잡자. 우다다다다.

그 기억이 중첩되자 현기증이 나면서 숨을 들이쉬는 것마저 힘들었다. 얼굴을 감싼 머플러를 허겁지겁 풀었다. 숨을 헐떡이며 달리기 시작했다. 도움이 필요했다. 이 상황에서, 이 기억에서 벗어나기 위해 누군가의 도움이 절실했다.

누가, 누가 나를 이 악몽에서 빼내줘요, 제발!

그 순간 막 다다른 길모퉁이에서 내 기도에 응답이라도 하듯 점점 밝아지는 불빛 하나를 발견했다. 콘크리트 바닥에 덩그러니 놓인 작은 입간판에서 나오는 빛이었다.

곧장 그 앞으로 내달렸다. 턱, 턱, 턱, 턱! 무겁게 내리찍는 내 구둣발 소리가 차가운 공기를 부수며 거리를 울렸다. 나는 온몸의 힘을 끌어올려 그 빛 속으로 뛰어들었다. 됐다!

"쯧!"

즉시 뒤에서 작게 탄식하는 남성의 목소리가 들리더니 알아들을 수 없는 욕설이 뒤따랐다. 곧바로 내게서 멀어지는 걸음 소리가 들려왔다.

벗어났다. 나는 이제 안전하다!

아이들을 피해 보육원 담장 뒤로 숨었을 때처럼 안도의 숨을 깊게 몰아쉬었다. 마음이 좀 진정되자 숨도 차츰 골라졌다. 그러자 눈앞의 입간판과 그 아래 허접하게 붙은 종이 인쇄물이 눈에 들어왔다.

심심 심야포차(審心深夜布車)

그동안 감사했습니다. 마지막 일주일! 서비스 팍팍 드릴 테니 들러주세요!

입간판 화살표를 따라 고개를 돌리니 가게 입구가 보였다. 나무로 된 미닫이문의 상단 간유리에서 가게 안의 불빛이 스며 나왔다. 방금 나를 구해준 그 느낌 그대로, 따뜻한 온기로 나를 부르는 것 같았다. 차가운 바람이 몰아치면서 어서 그곳으로 들어가라고 등을 떠밀었다.

나는 천천히 문 앞으로 다가가 가죽 장갑을 낀 손가락을 미닫이문 손잡이에 넣었다. 왼쪽으로 살짝 힘을 줘 밀자, 문은 예상보다 부드럽게 미끄러지며 열렸다.

"어서 오세요! 편한 자리에 앉으세요."

사십대 후반으로 보이는 여성이 카랑카랑한 목소리로 인사를 건넸다. 목소리에서 느껴지는 시원시원한 성격이 좋은 인상을 주었다. 하지만 그녀는 이런 술집의 주인으로는 어딘지 모르게 어울리지 않는 이미지였는데, 얼굴에 쓴 독특한 삼각형 모양의 뿔테 안경이 상당히 유별나 보였기 때문이었다.

가볍게 눈인사만 건넨 후 가게 안을 둘러보았다. 어디선가 본 듯한 눈에 익은 인테리어는 일본의 유명 드라마 〈심야식당〉을 연상시켰다.

정사각형에 가까운 가게 내부는 디귿 자 모양의 2단 바 테이블이 주방을 마주한 형태로 빙 둘러 있었다. 손님은 기껏해야 예닐곱 명 정도밖에 앉을 수 없었지만 그만큼 주인이 손님 개개인과 좀 더 가깝게, 어디로든 다가가 대화를 나눌 수 있는 구조였다. 혼자 가게를 꾸리면서 밤늦게 장사하기에는 꽤 좋아 보였다.

벽 쪽에 남는 의자가 몇 개 더 있었지만 그건 자리를 위한 것이라기보다 손님의 짐을 놓아두는 용도로 쓰이는 것 같았다.

드라마와 가장 다른 점이라면 주방과 테이블의 경계가 되는 벽면에 걸린 어울리지 않는 장식물이었다. 장식물은 베레모를 쓴 어떤 남자의 얼굴을 판화처럼 찍어낸 커다란 갈색 직물이었는데, 얼굴 아래에 영문으로 "CHE"라고 쓰여 있었다. 주방과 연결되는 통로에는 이런 곳에서 흔히 볼 수 있는 플라스틱 발이 입구를 살짝 가리고 있었다.

가게에 손님은 남녀 한 쌍뿐으로, 입구 왼편에 앉아 술을 마시며 대화를 나누고 있었다. 나는 그들과 거리를 두기 위해 반대편인 오른쪽 자리로 향했다. 늦은 시간이라 두 사람이 아무래도 많이 취했을 거라 예상했지만 자리에 앉으면서 슬쩍 살펴보니 그런 것 같지는 않았다. 남녀였지만 이성적 관계라기보다는 직장 동료 사이로 보였다.

눈으로 확인을 끝내자마자 나는 이곳에 특이한 점이 한 가지 더 있다는 것을 알아챘다. 바로 소리였다. 여느 술집과 달리 이곳은 음악이 전혀 들리지 않았다. 손님들이 술잔이나 식기를 달그락거리는 소리와 그들의 대화 소리 그리고 주방에 들어간 주인이 뭔가를 만드는 소리만이 오롯이 공간 전체를 채우고 있었다.

칠흑처럼 어두운 바깥, 환한 조명으로 가득한 가게, 건너편에 앉은 손님들의 젓가락질 소리, 주방에서 음식을 만드는 소리 그리고 나의 숨소리. 그 모든 것이 조화를 이루었다. 그래서인지 이 공간에서는 어떤 신기한 일이 생겨도 이상하지 않을 것 같은 기묘한 느낌이 들었다.

"어머, 이제 보니 젊은 아가씨네? 이 시간에 혼자 왔어요?"

주인이 내 앞에 작은 주전자와 컵을 내려놓으며 말했다. 도자기 재질의 주전자 입구에서 하얀 김이 올라오며 옅은 귤 내음이 퍼졌다. 따뜻함과 상큼함이 동시에 얼굴 주위를 감싸며 조금 전에 겪었던 긴장을 녹여주었다. 잠시 그 기분에 취해 있느라 답하는 걸 그만 잊어버렸다. 그러다 내 얼굴을 빤히 바라보던 주인의 시선을 알아채고 황급히 고개를 끄덕였다. 주인은 여전히 호기심 어린 눈으로 나를 보았지만 나는 그 눈길을 보지 못한 척 곧바로 가방에서 텀블러와 수저통을 꺼냈다.

나는 내 흔적을 어딘가에 남기는 게 싫어서 항상 텀블러와 수저를 챙겨 다닌다. 겨울에도 긴 머리를 하나로 묶어서 틀어 올린다. 휴대폰 터치가 되는 가죽 장갑을 구한 후부턴 집 밖에서 절대 벗지 않는 것도 그래서다.

하지만 사정을 모르는 사람들은 반대로 생각했다. 청결하지 않은 무언가가 몸에 닿는 걸 싫어해서 나만의 것을 사용하는 거라고 생각하며 결벽증이라고 여겼다. 남들의 그런 오해가 오히려 내겐 설명할 필요를 덜어주었기 때문에 딱히 바로잡지 않는다.

주인이 준 컵은 테이블 한쪽에 밀어두고 텀블러에 주전자의 물을 따랐다. 뜨거운 물에서 김이 확 올라오자 귤 내음이 더욱 진하게 얼굴을 감쌌다.

"아, 요즘 젊은 사람들은 환경 때문에 그런 걸 챙겨 다닌다고 하더니만, 커피 같은 음료에만 사용할 줄 알았는데 이렇게도 쓰는구나?"

주인은 환경보호 때문이라고 생각하는 모양이었다. 하지만 곧장 그녀의 눈이 수저통으로 옮겨가면서 '그렇다고 수저까지?' 하고 생각하는 표정이 드러났다. 나는 말없이 살짝 미소만 짓곤 텀블러에 따른 물 한 모금을 머금었다. 나를 위험에서 구해준 고마운 가게 주인이지만, 그렇다고 내 규칙을 깨고 싶지는 않았다.

타인과의 교류나 관계를 맺는 일은 내 삶에 없었다. 갖고 싶다고 생각한 적도, 필요한 적도 없었다. 그건 나를 번거롭게 하는 것은 물론, 위험하게 만들 여지가 다분했으니까.

따뜻한 물이 식도를 타고 내려가자 추위와 긴장으로 굳었던 몸이 한층 풀렸다.

주인이 메뉴판을 건네며 물었다.

"그나저나 젊은 아가씨를 뭐 이렇게 늦게까지 일을 시키나. 도대체 어디 회사길래 그래요?"

"……여긴 뭐가 맛있어요?"

역시나 불필요한 이야기는 하고 싶지 않아서 메뉴로 화제를 돌렸다. 주인이 조금 당황한 듯 "아, 추천 메뉴가 딱히……"라며 중얼거리는데 갑자기 건너편의 남자가 끼어들었다.

"여기 오는 사람들은 메뉴판 안 봐요!"

그 말에 주인이 남자를 돌아보며 애정 어린 말투로 타박했다.

"아유, 홍 과장. 또 오지랖이네!"

"맛있는 건 여러 사람과 함께해야죠, 아하하핫."

남자는 소리 내어 웃으며 주인 말에 응수한 후 곧바로 자신 앞에 놓인 음식을 손가락으로 가리켰다. 바 테이블은 2단으로 상단이 위로 올라와 있는 구조라 내 자리에서는 고개를 뽑아도 그가 가리키고 있는 음식이 제대로 보이지 않았다. 그런데 남자 옆의 여자도 나를 향해 웃으며 고개를 살짝 끄덕였다.

전혀 모르는 누군가가 이런 식으로 내 삶에 끼어든 건 흔치 않은 일이었다. 조금 전 가게를 처음 관찰했을 때의 그 기운, 어떤 일이 발생해도 이상할 것 같지 않았던 느낌이 다시 나를 북돋웠다. 묘하게 나를 이끄는 그걸 결국 따라가보기로 마음먹었다.

나는 메뉴판을 주인에게 돌려주면서 말했다.

"저도 저분들과 같은 걸로……."

주인은 메뉴판을 받아 들며 포기했다는 듯 장난스레 답했다.

"저건 진짜 남는 거 없는 메뉴인데, 알았어요! 어차피 이번 주는 서비스 팍팍 주기로 했으니까, 콜! 하하하!"

주인은 특유의 카랑카랑한 웃음까지 내며 시원스럽게 답한 후 주방으로 들어갔다. 하지만 이내 다시 나오더니 뚜껑이 덮인 작은 공기를 내 앞에 내려놓았다.

"이 시간에 왔으면 배가 많이 고플 거 같아서. 이거 먼저 먹으면서 속 달래고 있어요, 본 메뉴도 금방 만들어줄게!"

그녀의 말이 채 끝나기도 전에 별생각 없이 공기의 뚜껑을 열었다. 날계란 위에 주황빛 구슬 같은 것이 옹기종기 모여 있는 게 보였다. 난생처음 보는 음식이었다. 이걸 먹는다고? 어떻게?

"음? 온천계란 싫어해요? 다른 거 내줄까?"

내 표정이 이상했는지 주인이 걱정스러운 투로 물었다. 온천계란. 어디선가 들은 기억은 있지만 직접 본 적도 먹어본 적도 없는 음식이었다. 그게 이렇게 생긴 거였구나.

조금 시간이 흐르고 나서야, 마음을 정하고 천천히 입을 뗐다.

"어떻게 먹어요?"

보통이라면 그냥 한쪽으로 치워뒀을 텐데, 정말 이 가게의 색다른 분위기가 나를 다른 사람처럼 행동하게 한 것 같다.

주인은 조금 놀란 듯 눈을 동그랗게 떴지만 곧바로 친절히 설명했다.

"어머, 온천계란 처음이구나! 별거 아니야, 어려울 거 없어요. 숟가락으로 계란 중앙을 터뜨린 후에 쯔유, 아, 같이 있는 간장 같은 거 말이에요. 그거랑 연어알을 함께 떠서 먹으면 돼요. 아, 혹시 반숙 계란 비려하면……."

"아니에요!"

재빨리 그녀의 말을 자르며 답했다. 혹시 주인이 도로 가져갈까 싶어서였다. 타인과의 관계를 거의 만들지 않는 나에게 새로운 음식에 대한 시도는 쉽지 않은 경험이었다. 그래서 모처럼 찾아온 기회를 놓치고 싶지 않았다. 아주 작은 목소리로 "잘 먹겠습니다"를 덧붙이곤 숟가락을 들었다. 주인은 만족스럽게 고개를 끄덕인 후 주방으로 사라졌다.

숟가락을 들고 주인이 알려준 대로 계란을 반 가르고 쯔유라고 알려준 소스와 연어알을 적절히 담아 올렸다. 희고 노란 계란과 주황빛 연어알이 어우러진 색이 참 예뻤다. 그걸 입 안에 품자 담백하고 짭조름한 향미가 가득 찼다. 행복감이 입에서 시작해 온몸으로 퍼졌다. 어이없게도, 조금 전 정체를 알 수 없는 남자에게 쫓기던 위협이 오히려 고맙게까지 생각됐다. 그 일이 없었다면 여느 때와 마찬가지로 택시를 타고 집에 돌아가 냉동실에 얼려둔 밥을 녹여 변변찮은 반찬 한두 개로 허기를 달랜 후 그대로 잠을 청했을 것이다. 이런 따뜻한 기운과 행복감은 전혀 느껴보지 못한 채, 존재를 알지도 못한 채.

입가에 자연스럽게 미소가 번졌다. 잘했다, 잘한 선택이었어, 류용찬!

"자, 이번엔 한 실장님 차례예요. 실장님은 최근에 조사했던 사건 중에 특이했던 거 뭐가 있어요?"

워낙 주위가 조용한 데다 음악도 없는 곳이라 건너편 사람들의 대화가 나에게까지 들렸다. 아까 주인이 '홍 과장'이라고 불렀던 남자가 함께 있는 여자를 '한 실장'이라고 불렀다.

그런데…… 사건이라고? 두 사람은 혹시 경찰? 하지만 두 사람의 겉모습은 그런 쪽과는 전혀 관련이 없어 보였다. 홍 과장은 서글서글한 눈매에 준수한 외모로 와이셔츠와 넥타이 차림의 전형적인 회사원의 모습이었다. 한 실장은 과감한 쇼트커트 덕분에 미인형 얼굴과 예리한 눈매가 세련돼 보였는데, 그에 반해 복장은 꽤 캐주얼해서 홍 과장보다 서너 살은 어려 보였다. 하지만 그녀를 대하는 홍 과장의 말투에 약간의 경외심 같은 게 어려 있어서, 결국 나는 두 사람이 비슷한 나이가 아닐까 짐작했다. 아마 삼십대 중반 정도?

약간의 긴장을 유지한 채 온천계란을 먹으며 그들의 대화에 좀 더 귀를 기울였다.

"특이했던 거라……. 아, 조사를 진행하면서 전혀 예상치 못했던 결과로 흘러갔던 건이 하나 떠오르긴 합니다."

"네? 한 실장님이 예상하지 못했던 결과라고요? 오, 기대가 되는데요! 어떤 건이었는데요?"

무심히 운을 뗀 한 실장과는 달리, 홍 과장이 상당히 흥분한 목소리로 물었다. 한 실장은 약하게 코웃음을 치며 자조적인 투로 답했다.

"정말 '열 길 물속은 알아도 한 길 사람 속은 모른다'는 속담을 실감케 한 사건이었습니다."

한 실장은 여성치고는 조금 딱딱한 말투를 구사해서 혹시 군인인가 싶은 생각까지 들었다. 하지만 군인 직책 중에 '실장'이 있던가?

"오호, 말씀하실수록 궁금한데요? 아…… 혹시 비밀 유지 조항이 있는 계약 건이라면 얘기하기 힘드시겠지만……."

홍 과장이 호기심 어린 목소리로 달려들다가 금세 실수라고 생각한 듯 말끝을 흐렸다. 한 실장은 그의 말투에 담긴 진한 아쉬움을 알아챈 듯 손에 들고 있던 소주잔을 짧게 꺾어 입에 털어 넣고 가볍게 말을 이었다.

"그런 건 아닙니다. 평소라면 저에게 올 만한 성격의 일이 아니었는데 어쩌다 보니 맡게 된 일이라, 홍 과장님 기대에 못 미칠 사건인 것 같아서 그렇습니다."

"에? 설마요!"

"일반인을 뒷조사하는 거였던 터라."

"아……. 흠, 확실히 한 실장님이 관여할 만한 건은 아니네요."

한 실장의 말대로 홍 과장의 얼굴에 실망한 기색이 역력히 떠올랐다. 이때 주방에서 주인이 음식을 가지고 나오는 바람에 두 사람의 대화도 잠시 끊겼다.

주인은 길고 널따란 그릇을 내 앞에 내려놓으며 말했다.

"그래도 먼저 만들어놓은 소스가 양이 넉넉해서 빨리 됐어요. 자, 여기!"

분홍빛 크림 파스타 위에 두툼하게 사각형으로 썰어낸 스테이크가 올라간 음식이었다.

나는 '포차'라는 이름을 내건 가게에서 이런 서양 요리가 나올 거라고는 예상하지 못하고 있었다. 특히나 좀 전에 내준 온천계란 때문에 오므라이스나 볶음우동 같은 일식이 나오지 않을까 기대했다. 그렇다 보니, 눈을 크게 뜬 채 멍하니 음식을 바라보게 됐다.

"왜 그래요? 아, 혹시 고기를 안 먹나? 채식주의자? 비건?"

주인이 내게로 몸을 숙이며 걱정스럽게 물었다.

그 목소리에 퍼뜩 정신이 들었다. 사실 음식 종류가 무슨 상관인가. 이것 또한 조금 전에 맛봤던 온천계란처럼 충분히 맛있어 보였다. 시각에서 시작된 자극은 곧바로 위로 전달되었다. 위장이 꿈틀 움직이더니 작은 소리를 내며 재촉했다. 무슨 쓸데없는 생각을 하고 있어? 어서 먹기나 해!

나는 고개를 세차게 흔들곤 재빨리 젓가락으로 작은 스테이크 조각 하나를 집었다. 파스타 소스를 듬뿍 찍어 곧바로 입에 넣었다. 부드럽게 씹히는 고기에서 육즙이 흘러나왔다. 고소하고 연하게 잘 조리된 소고기였다. 자연스럽게 만족스러운 미소가 지어졌다. 열심히 입을 움직여 맛을 음미했다.

주인은 조금 놀란 표정으로 나를 바라보다가 금세 흡족한 듯 입꼬리를 올렸다. 그녀는 맛있게 먹으라고 말한 후 곧바로 건너편의 두 사람에게로 향했다. 한 실장 쪽 바 테이블 상단에 팔꿈치를 걸치며 대화에 끼어들었다.

"무슨 사건이었는데? 궁금하니까 빨리 이야기해봐, 한 실장!"

마치 어린아이가 할머니에게 옛날이야기를 해달라고 조르는 것 같았다. 한 실장도 주인의 그런 모습이 재미있는지 장난스럽게 대꾸했다.

"네, 네. 알겠습니다, 서 프로님! 한창때와 마찬가지로 여전히 직진이시네요!"

"사람이 변하면 죽거든. 하하하하!"

주인은 호탕하게 웃으며 테이블 아래 숨어 있던 작은 의자를 빼 자리를 잡았다. 그녀가 몸을 틀어 앉아준 덕에 한 실장의 얼굴이 내 자리에서도 보였다. 나도 이야기를 들을 수 있도록 배려해준 것 같았다.

호기심 어린 눈빛들이 자신에게로 향하자, 한 실장은 담담히 이야기를 시작했다.

일전에, 제가 다른 사건 때문에 알게 된 엔터테인먼트 회사의 대표님이 계십니다. 한창 잘나가던 회사 소속의 아이돌 여가수가 자살한 사건이었는데, 대표님은 그 가수의 평소 성격을 봤을 때 절대 그렇게 세상을 등질 아이가 아니라며 저에게 추가 조사를 의뢰했습니다. 결국 그 가수의 남자친구가 집착 때문에 저지른 살인인 걸 밝혀냈습니다. 네, 서 프로님이 말씀하신 그 사건 맞습니다.

그런데 작년에 대표님이 갑자기 또 연락을 하셨더군요. 이번엔 소속 남자 배우와 관련된 일로, 가급적 조용히 알아봐야 해서 저에게 부탁하고 싶다 하셨습니다.

그 남자 배우는 아역으로 시작해서 지금은 성인 연기자가 된 배우였습니다. 엄청난 인기몰이를 하지는 않았지만 작품 활동을 쉬지 않아서 인지도는 꽤 높은 편이었죠. 드라마나 영화를 잘 보지 않던 저도 알고 있을 정도였으니까요. 편하게 J라고 부르겠습니다. 네? 저도 좋아했냐고요? 아, 정말 홍 과장님……. 집중하십시오! 한 번만 더 흐름 끊으시면 얘기 안 합니다?

J는 조금 늦은 나이에 결혼했습니다. 띠동갑이 넘는 큰 나이 차의 일반인 여성과 결혼한 것 때문에 기사도 떠들썩하게 나왔었죠. 결혼 후에도 작품 활동을 지속했고 대중과 팬들은 그가 행복하게 잘 살고 있다고 생각했습니다. 그런데 결혼 3년이 채 지나지 않아서 갑자기 J의 아내가 남편의 폭력성을 이유로 이혼 소송을 제기했습니다.

대표님이 저를 찾은 건 그 때문이었습니다. 신사적인 이미지의 J가 아내에게 이혼 소송을 당한 것도 모자라 그 이유가 폭력이라니, J가 쌓아왔던 연예인으로서의 브랜드가 단박에 흔들릴지 모르는 상황이었으니까요. 대표님은 자신이 알고 있는 J는 절대 여자에게 폭력을 쓸 남자가 아니라고 믿고 있었고 소송이 알려지기라도 했다간 J의 미래까지 큰 타격을 입을 수 있다고 판단했습니다. 그래서 저에게 아내의 주장에 대한 진위 여부와 함께 뒷조사까지 부탁했습니다. 대표님은 이혼 소송에 다른 의도가 있을 거라고 의심하신 거예요. 네, 위자료에 대한 의심이 가장 컸죠. 아내분은 이제 P라고 부르겠습니다.

대표님은 P에 대해 알고 있는 게 사실상 거의 없었습니다. 어느 날 J가 파티에서 만났다며 P의 존재를 알려줬는데, 그땐 딱히 둘의 연애를 말리지는 않았다고 합니다. J의 나이가 어린 것도 아니었고 팬들도 그의 연애나 결혼에 영향을 받을 만한 나이대가 아니었으니까요. 그런데 J가 대표님의 예상보다 빠르게 결혼까지 해버렸던 거죠.

의뢰를 승낙하긴 했지만, 일단 두 사람 모두 조사하는 걸로 허락을 받았습니다. J에 대해서는 표면적으로 알려진 내용이 있었지만, 그래도 그 사람의 본성을 제가 직접 확인하고 싶었습니다. 부인에게 폭력을 휘두른 게 사실이라면 의뢰인과의 관계가 어떻든 간에 J의 편을 들어줄 생각은 처음부터 없었거든요. 그래서 대표님 외에도 J와 함께 일했던 매니저들, 직원들, 방송국 관계자들, 심지어 결혼 전 집안일을 관리해주던 아주머니까지 찾아 면담을 진행했습니다.

그들의 의견은 공통성과 일관성이 있었습니다. J가 너무 어릴 때 데뷔했기 때문에 사회성이 좀 떨어지는 것 외엔 문제 있는 사람이 아니라는 거였죠. 누군가에게 뭘 부탁한다거나 말 거는 걸 어려워하는 편이었고, 간혹 평범한 사람들에겐 일상적인 일도 부담스러워해서 피하려고 했다는 정도? 왜 그런 거 있잖습니까, 지하철 안 타본 사람은 티켓 판매기에서 승차권 구매하는 것도 힘들어하는, 그런 종류 말입니다.

게다가 J는 본래 성격이 내향성이 강해서 일이 없을 땐 집에만 머물면서 영화나 드라마를 보는 게 유일한 취미였다고 합니다. 남자들이 흔히 즐기는 컴퓨터게임에도 관심이 없었답니다. 따로 어울리는 사람도 없었고 자기 분야 외에는 관심이 거의 없었습니다. 그렇다 보니 그와 실제로 이야기를 나눠보면 평소 TV에서 보여주는 이미지와는 꽤 다른 느낌을 받게 되는 모양입니다. 어떤 사람은 그가 상식이 부족하다는 느낌까지 든다고 한 반면, 그만큼 성격이 솔직하고 순수한 게 느껴져서 거짓을 꾸며내거나 과장하지 않는 건 확실하다는 사람도 있었습니다.

언젠가는 영화 제작 발표회 시작 임박까지도 나타나지 않아서 난리가 났는데, 전날 J가 소속사 직원들과 술을 많이 마신 바람에 그랬다고 하더군요. 대표님은 비난을 면하기 위해 J가 몸살 감기로 늦어진다고 관계자들에게 거짓말을 해두었는데, 막상 뒤늦게 나타난 J가 사실대로 말해버리고 죄송하다며 관계자들에게 일일이 사과하고 다녔답니다. 대표님은 당시에는 자신의 거짓말을 들통나게 한 그가 너무 원망스러웠지만, 이후에는 J의 말을 믿을 수 있는 계기가 되었다고 했습니다.

결국 조사에서 J에 대해 새롭게 밝혀낸 내용은 거의 없었습니다. 그만큼 단순한 사람이었고 꾸밈없이 너무 솔직해서 오히려 그 때문에 난처할 때가 있었다는 게 중론이었어요.

하지만 홍 과장님도 아시죠? 본인도 자신의 숨겨진 모습을 모를 수 있기 때문에 주변인들 증언만으로 한 사람을 완전히 파악한다는 건 불가능합니다. 과장님도 보험 사기를 조사하시면서 많이 접하셨을 거예요. 때문에 J와의 개별 면담도 진행했습니다. 하지만 대표님이나 매니저들이 이야기했던 내용 이상의 것을 알아낼 순 없었습니다. 그래서 저는 P에 대한 조사로 넘어갔어요. 네? 사심이라니요? 그만 얘기할까요? 흠, 알았어요. 홍 과장님,

다신 안 그러시깁니다!

처음에 P는 지극히 평범한 여성으로 보였습니다. J와는 어느 영화사 파티에서 우연히 만나게 되었는데 지인이 영화사 관계자여서 참석했던 모양이에요. 그 파티에서 J가 P에게 첫눈에 반한 거죠. J는 여성들에게 인기는 많았지만 그동안 꽤 소극적이었는데 그런 J가 혹할 만큼 P가 매력적이었던 모양입니다. P가 엄청난 미모를 자랑하진 않지만 미인이고 묘한 매력을 풍기는 건 사실이거든요.

"사진은? 혹시 P 사진 없어?"

갑자기 주인이 눈을 반짝이며 한 실장의 말을 잘랐다. 한 실장은 난감한 표정을 짓더니 곧 투정하는 말투로 답했다.

"아, 정말. 서 프로님까지 왜 이러십니까."

홍 과장은 재미있는 구경거리를 보듯 두 사람을 바라보며 히죽거렸다. 한 실장의 정색하는 표정에 주인은 두 손을 들어 항복하는 시늉을 취하며 빠르게 사과했다.

"미안, 미안! 일반인 여성에게 남자 연예인이 한눈에 반했다니까 너무 궁금해서 그랬지! 하하하! 이제 조용히 들을게. 계속해, 한 실장."

한 실장은 슬며시 주인을 흘겨본 후 다시 말을 이었다.

말씀드렸다시피, 두 사람은 만난 지 얼마 되지 않아 결혼했습니다. J에 따르면 처음 몇 달은 정말로 행복하고 즐거웠다고 했어요. 그런데 그런 시간은 금세 지나고 자신을 대하는 P의 태도가 이상해지기 시작했답니다. 자신을 화나게 할 법한 행동을 일부러 골라서 하는 것 같았다고요.

J는 P가 자신의 생활 방식을 깨뜨리는 걸 가장 힘들어했던 것 같습니다. 신혼부부에게서 가장 흔하게 발생하는, 치약 짜는 습관 같은 게 문제가 된 거죠. J는 일상생활에서 그런 요소가 다른 사람에 비해 더 많았던 모양입니다. 그가 신경이 거슬렸다고 구술한 리스트를 받았는데 그게 상당히 길긴 하더군요.

반면에 P는 극히 자유로운 성향이었습니다. 매니저들은 J의 집에서 P를 마주치는 일이 허다할 수밖에 없었는데, 노출 심한 옷을 입고도 아무렇지 않게 문을 열어서 당황스러웠다거나, 양말도 신지 않은 맨발로 주차구역까지 내려오는 경우도 종종 있어서 놀랐다고 했습니다. 그럴 때마다 J가 P에게 주의를 주곤 했지만 정작 P는 그의 말을 전혀 귀담아듣지 않는 것 같았다고 증언했습니다.

게다가 결혼 이후부터는 J에게 들어오는 역할도 기존에 맡았던 배역에서 달라지기 시작했습니다. 유부남이 되면서 사람들에게 인지되는 이미지의 변화도 있었지만 더 결정적인 이유는 J의 외모가 변하기 시작했기 때문이었답니다. 결혼 후 살이 오르면서 예전의 미혼 귀공자 역할보다는 좀 더 나이 들고 아이를 가진 아버지 역으로 캐스팅 제의가 바뀌기 시작한 거죠.

그래서 J는 난생처음 다이어트를 하게 됩니다. 하지만 J가 체육관에서 몸을 만들기 위해 몇 시간씩 땀 빼는 운동을 하고 집에 돌아오면 P는 온갖 음식 냄새로 집 안을 가득 채워놨더랍니다. 저와의 면담 때, 가장 화났던 게 그 일이었다고 분노에 차서 말하더군요. P는 J를 사랑해서 맛있는 음식을 만들어주고 싶었다고 주장했지만, 정말로 사랑한다면 그러지 말았어야 한다며 P의 행동을 이해할 수 없어 분노가 치밀었다고 토로했습니다.

두 사람의 말다툼을 우연히 듣게 된 매니저도 P의 논리가 정말 이상했다고 부언했습니다. J가 따져 물을 때마다 P의 답은 한결같이 '사랑하니까'였답니다. 그걸 듣던 매니저 자신도 가슴이 답답해서 터져버릴 것 같았다며, J가 그 순간 너무 불쌍하게 느껴졌다고 진술했습니다.

J의 폭력이 시작된 게 그때부터였던 것 같습니다. 네, 맞아요. J도 폭력을 행사한 사실은 인정했어요. 다만 그 정도와 표현이…… 뭐랄까요. 앞에서도 말씀드렸다시피 워낙 솔직하고 거짓말을 못 하는 성격이다 보니까 '그러지 말아달라고 사정사정했는데도 집에서 고기를 구워대니까, 순간적으로 화가 치밀어서 그릇을 던져버렸다' '너무 답답해서 뭐라도 깨지 않으면 진짜 아내를 때리게 될 것 같아서 의자를 발로 찼다'는 식이었습니다. 네, 직접 폭행은 아니고 주변 물건을 던지거나 깨부쉈다더군요.

사건을 떠나서, 저는 P에 대해 진심으로 궁금해지기 시작했습니다. 도대체 무슨 생각으로 그런 행동을 했는지 제삼자가 봤을 때도 전혀 이해가 가지 않았으니까요. 그래서 성장 과정부터 뒤지기 시작했습니다. 하지만 중소도시 출신에 큰 사고나 문제 없이 중산층 가정의 외동딸로 자랐고, 이후 지방대학 일문과에 진학하면서 교환학생으로 일본 유학을 다녀온 게 다더군요. 평범함을 넘어선 뭔가가 보이진 않았습니다. 하지만 조사를 계속했습니다. 그러다 유학 갔던 일본에서 조금 눈에 띄는 기록이 발견됐습니다. 가자마자 휴학을 하곤 그 상태로 약 2년을 머물다가 한국에 돌아왔더군요. 그러고선 대학을 중퇴하고 J를 만나 결혼한 겁니다.

"일본에서 휴학이라……. 혹시 집이 망해서 유학 자금을 대지 못한 건 아니었을까요? 그래서 나중에 J에게 일부러 돈을 노리고 접근한 걸지도?"

홍 과장이 심각한 표정으로 한 실장에게 자신의 가설을 내놓았지만 한 실장은 단호하게 고개를 저으며 답했다.

"당시 자산에 대한 조사도 해봤지만, 아니었습니다. 저도 처음엔 과장님처럼 생각했어요. 위자료가 목적일 수 있으니까요. 하지만 P가 일본에 있는 동안 어머님이 부동산 투자로 오히려 큰 돈을 만들었고 P가 J를 만나게 되었을 즈음엔 재산이 이미 30억 대가 넘었습니다. P는 외동딸이어서 그걸 혼자 물려받을 테니 돈을 노린 접근으로 보이지는 않았습니다."

한 실장 말에 홍 과장은 자신의 턱 끝을 손가락으로 튕기며 다시 생각에 잠기는 눈치였다. 이번엔 주인이 한 실장을 바라보며 진지한 표정으로 물었다.

"P의 전과는 어때? 당연히 살펴봤겠지?"

주인의 얼굴에서 조금 전까지 보였던 장난기는 모두 사라진 상태였다. 한 실장도 진지한 말투로 그녀에게 답했다.

"네, 전혀요. 깨끗했습니다. 그런데…… P의 삶을 쫓다 보니 전과와는 별개로 전혀 예상치 못한 흔적이 나왔습니다. 아니, 흔적 아닌 흔적……이라고 하는 게 맞겠네요."

마지막 문장에서는 단어 선택이 어려운 듯 머뭇거렸다.

흔적이지만 흔적이 아니라고? 하는 일 때문에라도 데이터값과 매칭에 민감할 수밖에 없는 나에게 그 말은 무척이나 신경에 거슬리는 조합이었다. 머릿속 깊은 어딘가가 간지러웠다. 한번 그런 느낌이 들기 시작하자 미칠 듯이 궁금해졌다.

"흔적 아닌 흔적? 그게 무슨 말씀이에요?"

다행히 홍 과장이 내 대신 물었다. 아직 한 실장이 답하기 전이었지만 그 질문만으로도 머릿속의 간지러움을 한번 긁어낸 느낌이었다. 나는 조금 남아 있던 파스타 면을 젓가락으로 모으며 한 실장의 답변을 기다렸다.

한 실장은 물로 잠시 목을 축이곤 홍 과장의 질문에 답했다.

"P가 일본에서 머무른 2년가량 그곳에서의 기록이 거의 전무했습니다. 흔적이 없었어요. 그래서 흔적 아닌 흔적이라고 표현한 겁니다."

기록이 전무했다? 나를 포함한 세 사람은 그게 무슨 의미인가 싶어 바로 생각에 잠겼다.

잠시 후 주인이 침묵을 깨고 한 실장에게 의문을 제기했다.

"휴학했다면서? 그러면 학적 기록이 빈 거야 당연……."

"학교에서의 기록뿐만 아니라 사람이 살아가면서 남기기 마련인 당연한 기록마저 없으니 이상한 겁니다. 휴학은 학교와 관련된 것일 뿐, 일본에서 2년 동안 살면서 먹고 마시고 무언가를 사고 썼겠죠. 그런데 정말 기본적인 고정비용, 그러니까 월세라든가 인터넷 비용, 전기요금, 수도요금 등이 자동이체 된 것을 제외하고는 돈을 쓴 기록이 없었습니다. 전혀."

한 실장은 주인의 말을 자르며 자신이 한 말의 의미를 자세히 설명했다.

우리는 그제야 그녀의 설명을 이해하고 너 나 할 것 없이 혼란에 빠진 눈빛이 되었다. 단순한 가십거리인 줄 알았던 이야기가 갑자기 범죄 스릴러로 변모했다.

이후에 어떤 상황으로 이야기가 흘러갈지 가늠할 수 없어서 신경이 곤두섰다. 내 앞에는 몇 가닥 남지 않은 파스타 면이 불어 갔지만 먹는 걸 멈출 수밖에 없었다. 앞으로 한 실장 입에서 나올 말에서 단어 하나도 놓치기 싫었다.

홍 과장은 술잔을 입술에 대고 살짝 기울여 홀짝인 뒤 말했다.

"생활할 때 현금만 사용했다면 추적이 안 될 수도 있지 않을까요?"

"P도 J의 질문에 그렇게 답했답니다. 식사하거나 식재료를 구매할 땐 현금만 사용했다고. 하지만 그 현금도 하늘에서 뚝 떨어지진 않잖습니까? 2년 동안의 생활비를 한국에서 현금으로 들고 가지 않는 한, 은행에서 출금한 기록이라도 있어야 하는데 그마저도 없었습니다. 게다가 P는 일본에 있는 동안 생활 기록이 없는 것을 몸이 안 좋아서 집 안에만 머물렀다는 걸로 설명했어요. 그런데 그랬다면 온라인에서라도 물건을 산 기록이 있어야 하는데……."

"그것마저 없었다고요?"

홍 과장이 놀란 표정으로 한 실장의 말을 자르자, 그녀가 곧바로 고개를 끄덕였다. 주인이 의미심장한 말투로 말을 보탰다.

"2년이면 짧은 기간이 아닌데, 정말 이상하긴 하네. 몸이 그 정도로 아팠다면 의료기록이라도 있어야 할 텐데, 분위기를 보아하니 당연히 그것도 없었겠지?"

"맞습니다. P는 그 부분에 대해서도 병원에 갈 정도로 심하게 아팠던 건 아니었다고 일관되게 이야기했답니다. 감기몸살 정도라 그냥 일반약품으로만 치료했고, 약국에서는 항상 현금을 냈다고요."

"정말 들으면 들을수록 미스터리예요. 확실히 그 P라는 사람, 이상하네요."

홍 과장은 심각한 표정으로 다시 생각에 잠겼다. 주인도 머릿속에서 추론을 정리 중인지 손가락으로 테이블을 두드리며 입을 닫고 있었다.

들었던 내용을 기반으로 나도 P의 상황이 어떻게 된 것인지 가설을 짜봤다.

현대사회에서의 기록이라는 것은 컴퓨터로 된 서버에 쌓이는 데이터로 구성된다. 소비, 금융거래, 병원 기록, 교통수단 이용 등이 모두가 0과 1로 변환되는 데이터값으로 우리 생활 곳곳에 자리한 온갖 컴퓨터에 쌓이게 된다. 한 실장은 그 데이터들을 찾아내려고 했던 거다. 광범위하게 퍼져 있기 때문에 찾는 범주가 상당히 넓지만, 그만큼 남겨져 있을 데이터도 많다는 이야기니까.

그런데 그것이 전혀 발견되지 않은 상황이라면, 찾을 수 없다면…… 누군가가 그것들을 먼저 찾아내 모두 지워버린 게 아닐까?

불가능한 일은 아니다. 하지만 여전히 의문이 남는다. 무엇을 위해, 왜 그렇게까지 했는가에 대한 것이다. 그 데이터를 찾아내 모두 지운다는 것이 가능한 일이긴 하지만 쉬운 일도 아니다. 현실적으로 생각하면, 누군가가 2년 동안 집에만 머무르면서 현금만 사용하고 사는 쪽이 생성된 데이터를 모두 찾아내 지우는 것보다 수월할지도 모른다.

내 생각이 그 지점에 도달했을 때, 주인이 다시 입을 열었다.

"하지만 만약에 말이야. 정말로, 정말로 그럴 수 있다고 가정한다면. P가 몸이 안 좋아서 집에만 머물렀고 현금으로만 생활했다면, 2년 동안의 흔적이 정말 없을 수도 있는 거잖아?"

주인의 말에 한 실장은 "그럴지도요" 하며 작게 호응하더니, 갑자기 홍 과장에게 얼굴을 돌리며 물었다.

"만약에 과장님이 그런 상황이었다면 집에 계시는 동안 뭘 하셨겠습니까?"

홍 과장은 마지막 스테이크 조각을 막 입에 넣으려던 찰나였는데, 질문에 놀라 그걸 그만 접시 밖으로 떨어뜨리고 말았다. 한 실장은 그 모습을 보며 장난스럽게 피식 웃었다.

"아, 아까비……."

떨어진 고기 조각을 바라보며 중얼거리는 홍 과장을 주인이 타박했다.

"한 실장은 스테이크 거의 안 먹고 홍 과장 혼자 다 먹더니만 쌤통이다! 그래놓고 뭘 그렇게 아쉬워해?"

"고기는 언제나 아쉬운 겁니다! 서 프로님, 그런 의미에서 몇 조각만 더……."

홍 과장이 접시를 두 손으로 들어 올리며 애교스럽게 눈웃음을 지어 보였다. 하지만 주인은 단호하게 고개를 가로저었고 그는 아쉬운 듯 입을 삐죽거리며 접시를 내려놓았다.

그러고 보니 두 사람은 처음부터 주인을 '서 프로'라고 부르고 있었다. 주인이 골프 같은 운동을 한 선수 출신인 걸까? 겉보기에는 전혀 그런 쪽과는 관련이 없어 보였다. 물론 겉모습만으로 그 사람의 직업을 정확히 알 순 없지만.

내 경우도 마찬가지다. 사람들은 나를 작은 회사의 경리나 단

순 사무를 처리하는 직원, 그나마 좋게 봐주면 스튜어디스 정도로 예상하곤 했다. 일하러 다닐 땐 일부러 오피스룩을 갖춰 입고 하나로 묶은 머리를 틀어 올린 스타일을 고수하다 보니, 그렇게 생각하는 게 어찌 보면 당연했다.

홍 과장이 한 실장의 질문에 답을 내놓지 않자 주인이 나서며 대신 이야기했다.

"내가 별다른 일 없이 집에서 2년간 머물렀다면, 아, 정말 답답했을 거 같긴 하지만 주야장천 드라마를 보지 않았을까? 아니면 책을 산처럼 쌓아두고 읽었을 것 같기도 하고."

그제야 홍 과장도 질문받았던 사실을 기억해내고 답했다.

"아, 저도요! 그동안 못 봤던 책들을 봤을 거 같네요. 일본에 있었다면 만화책을 볼 수도 있었겠는데요? 아, 물론 제가 일본어를 할 수 있다는 전제하에."

한 실장은 두 사람을 번갈아 보며 고개를 끄덕이곤 말했다.

"그렇습니다, 보통은 다들 그러시겠죠? 그런데 P의 대답은 이랬습니다. '그냥 있었다. 특별한 뭔가를 하진 않아서 기억나지 않는다.'"

"엥?"

"뭐라고요?"

두 사람이 동시에 어이없다는 듯 소리쳤다.

나 또한 정말 이상한 답변이라고 생각했다. 그냥 있었다? 짧지도 않은 2년의 시간 동안? 변명을 만들어낼 노력도 기울이지 않고 그저 자신은 신경 쓰고 싶지 않으니 귀찮게 하지 말라는 느낌의 답이었다. 설득할 생각조차 없다는 태도. 도대체 P는 어떤 사람인 걸까. 오랜 시간 사람들과의 교류를 닫고 살아온 나보다도 닫혀 있는 것 같았다.

한 실장은 조금 흥분한 말투로 설명을 이었다.

"정말 이상하죠? 너무 일반적이지 않은 대답이라 오히려 그냥 넘길 수가 없었습니다. 그래서 저는 정보를 찾을 수 없는 시기는 일단 접어두고 P가 한국에 있었던 어린 시절을 다시 면밀히 살펴보기로 했습니다. 사람이 어떤 행동을 하는 동기가 현시점에서 보이지 않는다면 과거를 참고하는 게 기본이니까요. P의 중고생 시절까지 되짚어갔습니다. 단순한 기록 검토를 넘어서 당시 친구였던 사람들을 찾아내서 면담을 진행했습니다. 그렇게까지 하니까 그제야 실마리가 좀 나오더군요."

"뭐였어? 전혀 감이 안 잡히는데?"

주인이 눈을 반짝이며 한 실장에게 바짝 붙어 물었다. 한 실장은 회심의 미소를 지으며 오른쪽 집게손가락을 하나 세웠다. 그리고 목소리를 높여 말했다.

"어린 시절부터 팬이었더군요, 그것도 엄청나게 열성적인!"

"뭐? 그럼 어릴 때부터 J를 좋아해서 결혼까지 계획적으로 했단 말이야?"

주인이 정말 놀랐는지 자리에서 벌떡 일어나며 소리쳤다. 뒤이어 홍 과장이 실망스러운 듯 질색하며 말했다.

"아니, 근데 왜 괴롭히고 이혼을? 살아보니 싫어져서? 아니, 뭐 그런 식상한 막장 드라마 같은……."

하지만 나는 고개를 갸우뚱했다. P의 일본에서의 행적은 분명히 이 사건에서 중요한 단서가 되었을 것이다. 그런데 P가 어릴 때부터 J의 열성적인 팬이었다는 것은 그것과는 전혀 연결되지 않는 설명이었다. 분명히 뭔가가 빠져 있었다.

한 실장은 그 의문도 곧바로 해결해주었다. 혼란과 짜증으로 난감해하던 두 사람을 바라보며 의미심장한 눈빛으로 설명을 덧붙인 것이다.

"J가 아니라 J의 라이벌이었던 K의 열성 팬이었던 거예요."

"뭐?"

"에?"

"네?"

이번엔 나까지 입 밖으로 소리를 내고 말았다. 한 실장은 추가된 내 목소리에 조금 놀란 듯했지만 이내 싱긋 웃어넘겼다. 그러곤 앞의 두 사람에게 얄궂은 미소를 보이며 말했다.

"여러분만큼 저도 진실을 알게 되었을 때 깜짝 놀랐습니다. 고등학생 때부터 K에게 빠져 있던 P는, K가 일본 활동을 준비하고 있다는 기사를 보고 전공도 일어일문과를 선택했습니다. 일본에 가서 곧장 휴학한 것도 애초에 그곳에서 공부할 생각이 없었던 거죠. P에겐 온라인으로 알게 된 K의 일본 팬클럽 사람들이 있었는데 그들은 거의 종교처럼 K를 숭배하며 집단생활을 하고 있었고 자연스레 P도 그곳에 합류했던 겁니다. 2년의 기록 공백도 그렇게 생긴 거고요."

한 실장은 충격으로 어리둥절해하는 두 사람의 눈빛을 돌아보며 잠시 말을 멈췄다.

주인이 그녀와 눈이 마주치자 천천히 입술을 떼며 물었다.

"그걸 모두…… P의 친구에게서 알아내는 게 가능했다고?"

"아니요, P의 친구에게선 K의 열성 팬이었다는 사실만이었고, 그걸 단서로 K와 관련된 뭔가가 있다는 걸 알아챘습니다. 일본에서의 공백은 거기에 초점을 맞추면서 도와줄 수 있는 사람을 찾았죠."

한 실장 말에 홍 과장이 퍼뜩 생각난 듯 빠르게 끼어들었다.

"아! 그래서 그때 제게 '히라노 상' 연락처를 물어보셨던 거군요!"

"맞아요, 갑자기 하나밖에 없는 딸과 연락이 끊겼다면 재력가인 부모님은 분명 큰돈을 들여서라도 수소문했을 게 뻔했습니다. 그런데 한국에서 의뢰가 가는 대부분의 일은 히라노 씨가 중개하셨으니까요. 저 역시 그분을 통해서 전말을 파악할 수 있었습니다."

한 실장이 고개를 끄덕이며 답하자 홍 과장도 그녀의 말에 동의한다는 듯 고개를 연신 끄덕여댔다.

"P는 부모님이 자신을 찾는다는 사실을 알고 나서도 팬클럽 사람들의 도움을 받으며 피해 다녔더군요. 그렇게 2년 가까이 흔적을 숨긴 채 그곳에서 지냈습니다. 히라노 씨가 중개한 탐정이 그녀를 찾아냈을 땐 거의 사이비 종교에 빠진 사람 같았다고 합니다."

한 실장은 목이 타는지 물을 마시려고 컵을 들었지만 컵은 아까 비워진 상태였다. 홍 과장이 이를 눈치채고 곧바로 물을 채워주었다. 그사이에 주인이 심각한 목소리로 물었다.

"거기서 끝난 게 아니지? 한 실장은 아마 그 히라노라는 분에게 추가 조사를 요청했을 거야. P가 부모님이 고용한 탐정을 피해 다니면서까지 그 팬클럽 사람들과 하려고 했던 일이 있었을 테니까."

주인의 말에 물을 마시던 한 실장이 놀란 표정으로 오른손 엄지를 치켜세웠다. 곧 물기가 남은 입술을 냅킨으로 닦아내며 감탄하듯 말했다.

"아, 역시 서 프로님. 날카로우신 것도 예전과 다름없으십니다!"

그녀의 말에 주인이 옅은 미소를 지었다. 홍 과장도 고개를 끄덕이며 엄지를 치켜세웠다. 한 실장이 곧바로 말을 이었다.

"그들은 K를 너무 좋아하고 경외하는 마음으로 종교처럼 신봉하게 되면서 그의 라이벌이었던 J를 마치 기독교의 적그리스도처럼 생각하는 망상에 휩싸였던 겁니다. 그래서 그를 망가뜨릴 계획을 연구하기 시작했고…… 하필 그곳이 일본이었던 거죠. 거긴 정말 별의별 해결사 사무소가 많잖습니까. 그들에게 J를 연예계에서 퇴출시킬 만한 방법을 찾아달라고 의뢰했던 겁니다. 그런데 그쪽에서 짠 시나리오에 P가 직접 참여하는 게 있었던 거죠. J와 같은 한국인이고 외모도 준수한 편인 데다 부모가 어느 정도 재산이 있으니까 그녀가 직접 작업에 참여했을 때 성공 확률이 높다고 제안했답니다."

"네? 아니, 좋아하는 연예인 때문에 그 라이벌과 결혼까지 했다고요? 그런 어이없는 이유로 자기 인생을 포기하는 게 가당키나 해요?"

홍 과장은 전혀 이해할 수 없다는 듯 눈을 동그랗게 뜨고 목소리를 높여 물었다. 한 실장은 고개를 살짝 가로젓고는 담담하게 이야기했다.

"저도 모르겠습니다. 하지만 사람의 신념이라는 게 극단까지 가면 어떤 행동을 하게 만들지 모르는 거잖아요? 어쨌든 P는 홍 과장님이 도저히 이해할 수 없는 선택을 한 거죠. 그들에게 K는 종교나 다름없었으니까요. 그리고 처음 시나리오에는 결혼까진 없었답니다. 사귀면서 J의 약점을 찾아내 터뜨리는 걸로 연예인 생명을 끝내게 할 계획이었는데, 스캔들이 날 만한 내용을 찾아내지 못하니까 결국 최후의 선택으로 결혼까지 갔던 겁니다. 그러면 스캔들 자체를 만들어내는 게 수월해지니까요. 결혼 생활에서 서서히 스트레스를 받게 해서 폭력까지 휘두르게 하려던 계획은, 결혼을 결정하면서 추가된 시나리오였습니다. P는 그걸 이유로 이혼할 수 있는 것은 물론, 여론에 폭로해서 J의 이미지를 망치는 궁극의 목표도 이룰 수 있을 테니까요."

한 실장은 그렇게 이야기를 끝내며 술잔을 마저 비웠다. 홍 과장이 미간을 찌푸린 채 고개를 좌우로 흔들며 중얼거렸다.

"허, 참. 팬심이란 게 무섭군요. 저는 정말이지 이해가…… 앗, 잠시만요!"

갑자기 휴대폰이 울리자 그는 재빨리 전화를 받으며 문밖으로 향했다. 주인이 홍 과장의 뒷모습에 잠시 시선을 두었다가 한 실장에게로 돌리며 말했다.

"결국 사기 결혼인 셈이네? 이젠 이혼이 아니라 혼인 취소소송으로 진행하겠군. 위자료도 여자 쪽에서 물어야 할 테고 말이야."

한 실장은 소주병에 조금 남은 술을 자신의 잔에 마저 따르며 조용히 고개만 끄덕였다.

누군가를 좋아하는 마음이 다른 누군가에게 해를 끼칠 수 있는 마음으로까지 발전한다. 그리고 그 마음을 충족시키기 위해 자신의 삶 전체를 망가뜨릴지도 모를 범죄를 저지른다.

자신의 안위를 위한 것이 아니라 남을 위하는 마음으로 움직이고 희생한다는 게 어떤 감정일지, 나는 상상이 잘되지 않았다. 내 마음에는 한 번도 자리한 적 없는 감정이었다.

그래서 그 끝이 좋게 끝나지 못한 것을 알고 있음에도, 나는 P가 가졌던 그 감정의 느낌이 궁금했다. 그런 감정을 가질 수 있는 P의 상황이 한편으론 부럽다고 생각하면서 그릇에 조금 남은 파스타를 모두 입에 넣고 씹기 시작했다.

홍 과장이 통화를 마쳤는지 가게로 다시 들어왔다. 곧장 한 실장에게 다가가 과하게 미안한 말투로 말했다.

“한 실장님, 저희 공주님이 제가 돌아오길 기다리며 잠도 안 주무시고 계신다네요. 죄송하지만, 지금 일어나도 될까요?”

“물론입니다. 음식도 잘 먹었고, 술도 비웠고, 이야기도 끝냈으니 가시죠!”

한 실장의 말투에서 이 시간을 만족스럽게 즐겼다는 느낌이 물씬 풍겼다. 그녀는 서둘러 자리에서 일어나 뒷벽에 걸어두었던 긴 가죽 코트를 걸쳐 입었다. 홍 과장도 양복 재킷 위에 모직 코트를 입으며 장난스럽게 답했다.

“넵! 다음번엔 좀 더 일찍 시작해서 홍데렐라의 자명종이 울리기 전까지 시간을 더 확보해보시죠!”

홍 과장이 주인에게 다가가 카드를 내밀었다. 분위기상 처음부터 그가 내기로 약속한 모양이었다.

주인이 카드를 기기에 꽂으며 물었다.

“딸이 세 살인가 네 살인가 그렇지? 그 어린애가 지금까지 아빠 얼굴 본다고 안 자고 기다렸대?”

“네? 그 녀석은 진즉 잠들었죠. 애가 잠이 많아서 아홉시 전에 자요.”

홍 과장은 의아한 표정으로 주인에게 답했다. 그 답에 주인이 더 의아하다는 듯 되물었다.

"응? 공주님이 안 자고 기다린다며?"

"아, 아! 그 공주님은…… 제 와이프요, 아하하핫!"

홍 과장이 머리를 긁적이며 멋쩍은 웃음을 터뜨렸다. 한 실장은 예상했다는 듯 커다란 미소를 지었다. 주인은 어이없다는 듯 "에잇!" 소리를 내지르며 홍 과장의 팔뚝을 세게 때렸다. 하지만 그녀도 카드와 영수증을 홍 과장에게 건넬 땐 얼굴 가득 미소를 짓고 있었다.

"조만간 또 들르겠습니다, 서 프로님!"

가게를 나서며 한 실장이 주인에게 인사를 건네자 주인이 두 사람을 향해 손을 흔들었다.

"그래, 또 봐들!"

하지만 홍 과장은 고개만 까닥거린 후 의뭉스러운 미소를 지으며 문을 닫았다.

두 사람이 사라지자 주인은 곧바로 내 옆으로 다가와 특유의 목소리 톤을 한껏 올려 말을 걸었다.

"아유, 우리가 너무 시끄럽게 했죠? 정신없었겠다, 미안해요!"

나는 말없이 고개를 가로저었다. 저도 재밌었어요. 소리 내어 그녀에게 전하진 못했지만 진심이었다. 비록 적극적으로 그들과 이야기를 나눈 건 아니었지만 다른 이들과의 대화가 이렇게 흥미로웠던 경험은 처음이었다. 이야기에 집중하며 감정을 따라가고 공감하면서 빠져들었다. 게다가 처음 접해본 새로운 음식들도 맛있었다. 덕분에 배는 부르고 속은 편안했다. 이 시간을 여러

모로 충분히 즐긴 게 분명했다.

현금으로 계산을 마치고 텀블러와 수저통을 가방에 챙겨 넣으며 자리를 정리했다.

"아가씨, 몸도 약해 보이는데 건강 챙겨가면서 일해요. 그래도 혹시 야근하게 되면 다음 주 토요일 전까지는 자주 들르고!"

주인이 테이블을 나와 문까지 직접 열어주며 다정하게 얘기했다. 고마운 마음을 담아 고개 숙여 인사하곤 문밖으로 몸을 향했다. 하지만 마저 걸음을 떼지 못한 채 바로 멈춰 섰다. 홍 과장과 한 실장이 주인을 부르던 호칭에 대한 궁금증이 풀리지 않은 탓이었다. 어쩌면 그것 때문에 집에 가서도 쉽게 잠들지 못할 것 같았다.

나는 궁금한 건 언제나 즉각적으로 풀고 싶어 한다. 프로그래밍 언어를 다룰 때 남들보다 뛰어난 성과물을 만들어내는 것도 이런 호기심과 집요한 성격이 코딩에 반영된 덕분이었다.

그러나 물을 수 없었다. 내가 다루기엔 너무 인간적인 영역이었다. 관계의 영역. 자칫 잘못 발을 들였다가 내가 제어할 수 있는 수준을 벗어날까 두려웠다.

"왜 그래요?"

멈춰 선 내게 주인이 물었지만 나는 오히려 그것이 출발신호라도 되듯 즉시 오른발을 떼어 가게 밖으로 내디뎠다. 차가운 1월의 새벽 공기 속으로 들어서며 머뭇거림 없이 빠르게 걸음을 옮겼다.

심심포차의 불빛을 벗어나자마자 얼음장 같은 바람이 다시 내 가슴으로 파고들었다. 잠시 머물렀던 마법의 세계에서 돌아오라며 나를 깨우려는 것처럼.

# 두 번째 날.
# 미래를 보는 것, 사기와 믿음의 경계

외출 준비를 하다 쓸데없는 생각이 떠올라 늦어지고 말았다. 거울 속에 비친 내 눈을 너무 오래 바라본 게 실수였다. 해야 할 치장만 하고 빠르게 넘어가야 했는데 나도 모르게 오른쪽 눈에 시선을 둔 채 내가 가지고 태어난 결함을 다시금 깊게 마주하고 말았던 거다.

나는 홍채이색증, 일명 '오드아이'라 불리는 눈을 가졌다. 홍채 세포 DNA 이상으로 멜라닌 색소의 농도 차이 때문에 양쪽 눈동자의 색상이 다르다. 왼쪽 눈은 보통 사람들과 같은 검은색이지만 오른쪽 눈은 하늘빛 푸른색이다.

만약 그 색이 조금만 더 짙은 푸른색이었다면, 그래서 남들과 다른 게 조금 덜 티가 났더라면 보육원 아이들에게 당했던 괴롭힘이 줄어들었을까? 그랬다면 조금 더 사람들과 쉽게 교류하며 지금과는 다른 인생을 살았을까? 어쩌면 내 부모라는 사람들도 나를 키워주지 않았을까.

아니. 그 정도의 작은 차이로는 그리 큰 변화는 일어나지 않았을 것이다.

언제나 같은 질문에 같은 답을 하면서도 이미 알고 있으면서도, 나는 여전히 미련을 버리지 못했다. 그래서 이렇게 한 번씩 현실을 다시 마주하곤 바뀌지 않는 상황에 상처받는 짓을 되풀이하는 거다. 지극히 미련하게.

아이들이 괴물의 눈이라고 부르던 오른쪽 눈동자는 차라리 없는 게 나았을 거라 생각한 적도 있다. 그 생각을 좇아 다른 사람들에게도 간혹 발생하는 장애처럼 안대로 가려 위장한 적도 있다. 하지만 한쪽 눈만으로 생활하는 건 생각보다 훨씬 불편했다. 시야가 좁아지는 것은 물론이고 원근감 확보가 제대로 되지 않았다. 계단을 내려갈 때 발을 잘못 디뎌 넘어질 뻔하기 일쑤였다.

결국 의무교육을 받아야 하는 시기에는 앞머리를 길러 최대한 눈을 감추거나 습관적으로 오른손으로 눈을 가리는 등 갖은 수를 써서 버텨냈다. 그리고 그것이 끝난 시점, 고등학교를 졸업한 후엔 바깥에서의 삶을 가볍게 포기했다. 누군가에게 괴물 눈을 보이느니 차라리 그 누군가를 만들지 않는 편이 나았고 관계를 없애는 편이 나았다. 어차피 난 처음부터 혼자였으니까.

그러다 내 삶을 바꿔줄 물건이 등장했다. 미용렌즈였다. 눈동자의 색상을 바꿔 보이는 컬러렌즈. 다른 이들은 내가 지극히 싫어하는 내 눈동자와 비슷한 색깔을 내기 위해 착용했지만, 나는 그 색을 가리기 위해, 정상인 왼쪽 눈빛과 비슷하게 만들기 위해 그것을 사용했다.

한국에서는 검은색 미용렌즈를 파는 곳이 없어서 차선책으로 서클렌즈라 불리는, 눈동자를 커 보이게 하는 검은 렌즈를 양쪽에 모두 착용했다. 하지만 아무래도 바탕이 되는 본래의 눈빛이 다르다 보니 완전히 동일한 색으로 보이지는 않았다. 그래도 두 눈동자의 색이 얼핏 비슷하게 보인다는 것은 내게 엄청난 자신감의 변화를 가져왔다.

렌즈를 착용하고 거울을 봤던 첫 순간을 아직도 기억한다. 나도 모르게 순식간에 눈물이 차올랐다. 멍하니 거울에 비친 내 모습을 한참 보고 있었다. 나는 더 이상 괴물이 아니었다.

한번 그 모습을 확인하게 되자 렌즈를 뺄 수 없었다. 자고 일어나서 아무것도 하지 않은 상태로 거울을 볼 때도 '정상인 나'를 보고 싶었다. 렌즈를 낀 내가 원래의 나인 것처럼 굴었다. 하지만 그런 날이 계속되자 결국 눈에 이상이 생겼다. 안과의사는 색소이상으로 발현된 특질 때문에 미용렌즈를 착용하는 것만으로도 실명할 수 있다고 경고했다. 겨우 찾은 방법조차도 영원한 방패가 되어주지 못한다는 말이었다. 유일한 빛이 다시 어둠 속으로 사라져버린 것 같았다. 하지만 그 위험을 감수하고서라도 다른 사람들과 비슷해지고 싶었다. 그들과 섞이고 싶었다.

그래서 시력을 잃기 전에 비용이 큰 프로젝트를 많이 처리하기로 마음먹었다. 괴물 눈이 그 역할을 하지 못하는 때가 오더라도 내 삶을 살아내는 데 무리가 없도록 계획을 세웠다. 그것을 달성하기 위한 철저한 삶의 규칙과 패턴도 만들었다.

그렇게 조금씩 사람들 속에 섞여 들어갔다. 하지만 완벽하게 가려지지 않은 괴물 눈이 들킬까 두려운 마음은 여전히 남아 있었다. 보통의 사람들처럼 관계를 맺을 수가 없었다. 일하는 데엔 문제가 없을 정도로 섞여 들어갈 수는 있어도 나는 여전히 혼자였다. 아니, 혼자여야 했다.

그런데 오늘, 오른눈에 렌즈를 넣기 직전에 그런 식으로 쌓였던 원망과 증오의 감정이 갑자기 휘몰아쳤다. 머릿속에서 뒤엉키면서 마음을 온통 헤집어놓았다.

나는, 왜, 이렇게까지, 살아가는 걸까.

오늘 죽는다 해도 날 위해 슬퍼할 사람은 아무도 없었다. 이 세상에 나와 연결된 생명체는 하나도 없는데 왜 바득바득 이렇게 살아가려 애쓰는 걸까. 내게 아무 의미 없는 사람들 속에 섞이려 실명의 위험을 감수하며 렌즈를 착용하고, 어렵고 위태로운 프로젝트를 진행하며 마음을 졸이는 게 어리석게 느껴졌다.

이번 프로젝트를 마치면, 그냥 이 의미 없는 생을 끝낼까.

머리를 덜 말린 채 욕실에서 나와 잠시 몸을 기거하는 방을 보았을 때, 문득 그런 생각이 머릿속에 떠올랐다. 방 천장부터 창가, 벽면, 바닥, 문까지 천천히 둘러보았다. 이곳에서 몸만 빠져나간다 해도 남겨질 어느 것에도 아쉬움이 남는 게 없었다. 사실 프로젝트를 마무리하는 건 내게 중요하지 않았다. 생을 마칠 날짜를 위한 하나의 기준점이 필요했을 뿐이었다.

그래, 그렇게 마무리하자. 이번 생은 여기까지.

현관에서 부츠의 레이스를 동여매며 고개를 끄덕거렸다. 그러자 마음이 편해졌다. 그러나 동시에 오늘 일을 마치고 심심포차에 들러야겠다는 어이없는 생각도 뒤따랐다. 주인의 카랑카랑한 목소리로 환영 인사를 받고 그곳에 자리한 사람들의 이야기를 들으며 따듯한 요리를 받아 들 때의 포근함이 기시감처럼 나를 감쌌다.

이건 혹시 그나마 남은 생에 대한 미련인 걸까?

우연찮게도 이번 프로젝트의 마감 예정일이 심심포차의 폐업 일정과 비슷하게 맞아떨어졌다. 아마 주인이 가게를 마무리하고 이사할 날이 내가 그 지역으로 출근하는 마지막 날이 될 것이다.

나는 심심포차와의 우연을 어쩌면 생에서 마지막으로 가져갈 인연이라고 믿고 싶은 걸까. 난생처음 미련을 만들어내려는 것일까.

그날 밤, 서버실에서 작업하는 와중에도 그 생각이 계속 머릿속을 헤집었다. 그러다 보니 언제나 단정하게 머리를 묶고 작업을 시작했던 날과 달리, 시작 전에 머리를 묶어야 한다는 사실조차 잊어버린 채 작업했고, 결국 그 때문에 철제 서버 케이스에 머리카락이 껴서 된통 뽑히고 말았다. 바닥에 떨어진 머리카락 중 몇몇은 모낭까지 확연히 보일 정도였다.

서둘러 처리했지만 이런 실수를 하는 내가 못마땅해서 마음이 불안했다. 금융 데이터베이스를 다루는 이번 작업은 특히나 한 치의 오차나 실수가 있어선 안 되는 일이었다. 나는 잠시 고민했지만 결국 작업 중단을 결정하고 자리를 정리했다.

그렇게 사무실을 나섰는데도 벌써 새벽 세시가 넘어가고 있었다. 자연스레 발길이 심심포차로 향했다. 오늘 작업했던 곳에서는 조금 돌아가야 하는 길이었지만 그 따뜻한 공간으로 곧 들어갈 수 있다고 생각하니 다리에 절로 힘이 들어갔다. 거기까지 가면서 만날 어둠과 차가운 공기도 두렵지 않았다. 걸어가면서 머릿속에서 떠나지 않는 고민을 다시 꺼냈다.

혹시 나는 이 삶을 지속하고 싶은 걸까.

지금 살아가는 내 삶에도, 작업 중인 프로젝트에도 미련은 없었다. 끝나면 끝내는 것일 뿐, 아무런 감정도 느껴지지 않았다. 하지만 심심포차는 달랐다. 그곳의 남은 시간을 온전히 즐기고 싶다는 마음이 내 안에서 꿈틀거렸다. 의미 없는 내 삶을 깨울지도 모를 무언가를 그곳에서는 찾을 수 있을 것 같아서였다.

그곳에 다시 들러서 확인하고 싶었다. 주인이 만들어주는 다정한 요리를 다시 먹어봐야 했다. 내가 느끼는 감정과 생각을 정리해야 했다. 그리고 만약 그 결과가 만족스럽다면…… 어쩌면 이 심심포차가 막을 내려도 또 다른 심심포차를 찾고 싶어질지도, 찾게 될지도 모른다고 생각했다. 그렇게 생을 이어갈 이유를 갖게 될지도…….

겨울의 새벽 공기는 역시 차가웠다. 롱 패딩을 입고 나오길 잘했다는 생각을 하면서 후드까지 뒤집어쓴 후 지퍼를 코앞까지 올렸다. 그렇게 인간 이불이 되어 가게를 향해 총총걸음으로 빠르게 이동했다. 가게 불빛이 시야에 들어오자 마지막 남은 거리는 뛰다시피 했다.

마침내 가게에 다다랐다. 그런데 입구 바로 앞에 A4 용지에 인쇄된 문서가 하나 떨어져 있었다. 전혀 더럽혀지지 않은 것으로 봐선 종이가 떨어진 후 아무도 가게에 출입하지 않은 모양이었다. 그것을 주워 들었는데 심상치 않아 보이는 문구가 나열되어 있어서 나도 모르게 읽어 내려갔다.

> **증인소환장**
>
> 김×× 귀하
>
> 사건 : 2019사 ○○○○○○ 업무상 횡령
> 피고인 : 박××
>
> 위 사건과 관하여 귀하를 증인으로 채택하여 신문하게 되었습니다. 바쁘시더라도 사건의 진실규명을 위하여 2019. 9.××.15:00경에 이 법원 ○○호 법정에 출석하여 주시기 바랍니다.
>
> 부득이한……

예상치 못한 내용에 깜짝 놀랐다. 이런 게 왜 여기에? 이곳의 주인이 증인으로 소환되었나? 아니다, 어제 손님들이 주인을 '서 프로'라고 불렀으니 그녀가 김 씨일 리 없다. 그럼 오늘 방문한 손님 중 누군가가 떨어뜨린 걸까?

그때 갑자기 뒤에서 다가서는 기척이 느껴져 몸을 획 돌렸다. 취기가 살짝 오른 듯 볼이 발그레한 오십대 초반의 남성 한 명이 나를 멀뚱히 바라보고 있었다. 나는 한 발 뒤로 물러서며 빠르게 그의 모습을 스캔했다. 소매에 명품 브랜드 로고가 보이는 코트와 고급 재질의 정장. 머리에 바른 왁스가 조금 느끼한 분위기를 연출했지만 얼핏 봐도 꽤 좋은 직업을 가진 사람임이 분명했다.

그때 가게를 등진 내 뒤로 빠르게 문이 열리는 소리와 함께 주인의 카랑카랑한 목소리가 날아왔다.

"황 프로, 화장실에 빠진 줄! 빨리 들……. 어, 손님?"

남자를 향해 외치던 주인의 목소리가 조심스럽게 잦아들었다. 내가 재빨리 몸을 돌리자, 주인이 꽁꽁 싸맨 나를 용케 알아보고 반갑게 인사를 건넸다.

"아, 어제 아가씨네? 어서 들어와요!"

주인은 내 몸을 끌어당기더니 남자에게도 재촉하듯 말했다.

"황 프로, 뭐 해? 빨리 들어와!"

"아, 그, 아가씨, 그거, 그거……."

남자는 주인을 따라 가게로 들어서면서도 불안한 듯 내 손에 든 종이를 가리키며 우물쭈물 중얼거렸다. 주인은 남자의 말에 내 손에 든 서류를 슬쩍 보더니 순식간에 눈이 동그래지며 재빨리 낚아챘다. 내가 끼고 있던 가죽 장갑 덕분에 서류는 마찰도 없이 그녀의 손으로 넘어갔다.

주인은 다른 손으로 타박하듯 남자의 어깨를 마구 때리며 소리쳤다.

"어휴, 황 프로! 너는 어떻게 아직도 이런 걸 흘리고 다니니, 정말!"

"어, 언제 가방에서 빠졌는지 모, 모르겠습니다, 영감, 영감님."

"시대착오적으로 영감님은 무슨 영감님이야, 꼰대같이! 얼른 챙겨서 안쪽으로 들어가! 내가 못 산다, 진짜!"

'황 프로'라 불린 남자는 엄청나게 큰 잘못이라도 저지른 듯 허리를 숙이며 어찌할 바를 몰라 했다. 주인은 그런 그를 왼쪽 구석바 테이블로 밀어붙였다. 들고 있던 문제의 서류는 남자의 품에 넘긴 후였다. 하지만 다시 내 쪽으로 돌아선 주인의 입가엔 애정 담긴 웃음이 걸려 있었다. 조금 전의 행동이 정말 화가 나서 그런 건 아니라는 의미였다. 두 사람의 관계가 궁금했다.

"아, 아가씨에게도 죄송, 죄송합니다. 미안합니다, 미안합니다."

황 프로는 자신의 자리였던 곳으로 돌아가서도 바로 자리에 앉지 않고 내게 계속 과하게 사과했다. 따지고 보면 큰일도 아닌데, 저 나이대의 남성이 이렇게까지 하는 모습이 너무 생경했다. 말투가 특이해서 더 그렇게 느껴졌는데, 마치 인공지능 스피커가 말하는 것과 비슷했다. 심지어 최근에 개발된 음성 기술이 아닌 10년 전쯤의 TTS(Text to Speech) 기술로 글을 읽는 것처럼 높낮이가 없는 독특한 억양을 구사했다.

그런 그를 어디선가 본 것만 같은 기시감이 들었다. 인간관계가 거의 없는 내가 그럴 리가 없어서 그저 이상하다는 생각만 들었을 뿐, 이유를 알 순 없었다.

입구에 선 채로 가게 안을 둘러봤다. 그래도 오늘은 손님이 꽤 다녀간 모양이었다. 아직 치우지 못한 그릇과 잔반이 바 테이블 곳곳에 남아 있었다. 내가 어제 앉았던 오른편 자리도 어질러진 채였다. 그 옆자리는 깨끗했지만 나는 선불리 움직이지 못하고 그 자리만 바라보며 서 있었다.

"아, 내가 자리 바로 치워줄게요, 잠깐만!"

주인이 눈치 빠르게 곧장 그곳으로 향하며 말했다. 테이블이 정리되는 동안 나는 패딩을 벗어서 뒷벽 옷걸이에 걸고 가방은 따로 챙겼다. 테이블 위까지 행주로 닦아낸 주인이 서둘러 나에게 자리를 권했다.

그런데 내가 자리에 앉자마자 그녀가 내게로 몸을 바짝 기울였다. 갑작스러운 행동에 깜짝 놀라 몸을 피했다. 이렇게 누군가가 가까이 접근한 건 성인이 된 후 거의 처음 있는 일이었다. 심장이 들썩일 만큼 놀란 내 상태를 알 리 없는 주인은, 건너편에 앉은 남자의 눈치를 살피는 것에만 집중해서 내 반응은 미처 못 본 모양이었다. 그런 채로 낮게 속삭였다.

"저 친구 말하는 게 좀 어색하죠? 이해해줘요. 선천적으로 장애가 조금 있는데, 남한테 피해 주고 그러진 않아요. 조금 불편한 부분이 있긴 하지만 지금은 훈련을 많이 해서 남들보다 뛰어난 부분이 더 많아!"

말을 마치며 그녀가 나를 보며 웃었다. 삼각형 뿔테 안경 너머로 보이는 눈은 반달이 되어 있었다. 나는 행여 내 오른쪽 눈빛을 들킬까, 급히 그녀의 눈을 피해 짧게 고개만 끄덕였다. 주인은 고맙다는 듯 내 어깨를 살짝 건드리곤 기울였던 몸을 일으켰다. 주인의 따뜻한 마음에 눈을 마주 보며 온전히 호응할 수 있다면 좋았겠단 헛된 바람이 들었다. 씁쓸한 미소가 입가에 자리 잡았다.

"안녕하세요!"

갑자기 힘차게 문이 열리는 소리와 함께 익숙한 젊은 남자의 목소리가 들렸다. 주인이 문가의 남자를 확인하곤 깜짝 놀라 소리쳤다.

"어? 뭐야, 홍 과장! 어제 가면서 묘하게 웃더니, 이래서 그런 거구나?"

어제와는 전혀 다른 분위기라 한 번에 알아보지 못했는데, 홍 과장이었다. 두꺼운 등산 패딩을 입고 머리카락도 자연스럽게 흩뜨려서 어제보다 서너 살은 어려 보였다.

홍 과장은 장난기 가득한 미소를 띤 채 들어오며 말했다.

"네, 네. 오늘 형님 오신다기에, 반쯤은 또 올 생각을 하고 있었거든요!"

"토요일 밤인데 가족은 어쩌고?"

"여왕님이랑 공주님이랑 함께 늦게까지 잘 놀고 이제 주무셔서 나온 거예요."

"뭐? 여왕님과 공주님?"

"어제 서 프로님이 타박하셔서 이제 와이프는 여왕님, 딸은 공주님으로 부르려고요. 아하핫!"

홍 과장은 너털웃음을 터뜨리더니 곧장 황 프로 쪽으로 쪼르르 다가갔다.

"형님, 잘 지내셨어요?"

"네, 네. 자, 잘 지냈습니다. 호, 홍 과장님도 자, 잘 지내……."

"아, 형님, 말씀 놓으시라니까 아직도 이러시네!"

황 프로는 당황스러워하면서도 기분이 좋은 듯 홍 과장을 보며 웃었다. 홍 과장은 히죽거리며 황 프로 옆에 자리를 잡다가 뒤늦게 나를 발견하고 인사를 건넸다.

"어라? 머리를 푸셔서 못 알아봤어요! 저랑 이틀 연속 출근 동지? 반가워요!"

아이처럼 양손을 흔들며 인사를 하는 그에게 고개만 살짝 끄덕여 답했다.

홍 과장은 한없이 밝은 사람 같았다. 누구와도 쉽게 친해지고 가까이할 수 있는, 나와는 너무 다른 사람. 그건 아마 내가 걸어온 삶의 궤적과 그의 것이 너무 달라서일 것이다. 그는 타인과 다른 점도 모자란 부분도 없는 삶을 살았을 것이다. 나처럼 외톨이가 될 일도 괴롭힘을 당할 일도 없이, 어쩌면 준수한 외모 덕에 조금의 노력만으로도 오히려 그들을 앞지를 수 있었을 안락한 삶.

"어? 황 프로! 그대로 있어!"

갑자기 주인이 뭔가를 발견한 듯 황 프로 쪽으로 다급히 달려갔다.

"죄, 죄송합니다, 여, 영감님."

내 자리에선 잘 보이지 않았지만 황 프로가 음식 그릇을 테이블 위로 올리다 소스를 흘린 모양이었다. 주인은 홍 과장과의 사이를 비집고 들어가 황 프로의 손바닥까지 물티슈로 정성스레 닦아줬다. 마치 어린아이를 챙기는 엄마 같았다.

"아, 제가 먼저 신경 써야 했는데, 죄송해요!"

"아니야, 홍 과장이 뭘. 황 프로가 칠칠치 못한 거지!"

주인의 말투에 타박이 담겼지만 뉘앙스에서는 황 프로를 향한 애정이 그대로 드러나 있었다. 하지만 정작 당사자는 주인의 진심을 읽어내지 못한 듯 안절부절못하며 다시 사과했다.

"자, 잘못했습니다, 영감님. 다, 다음부턴 더……."

"아, 미안. 농담이야, 농담! 황, 괜찮아, 괜찮아!"

주인은 황 프로의 어깨를 토닥이며 진정시켰다. 모두 닦아낸 그녀는 주방 쪽에서 마저 그릇과 테이블을 치우려는 듯 황 프로의 뒤를 지나쳐 안쪽으로 들어왔다.

"참, 서 프로님. 전부터 궁금했는데, '프로'라는 호칭은 검사를 뜻하는 영어 '프로시큐터(prosecutor)'에서 딴 거잖아요? 근데 황 프로님이 서 프로님을 부를 때 쓰는 '영감님'은 뭐예요?"

홍 과장이 자기 자리에 수저를 세팅하며 주인에게 물었다.

'프로'가 검사를 뜻하는 '프로시큐터'에서 따왔다고?

홍 과장의 말에 놀란 나는 얼어붙은 듯 모든 동작을 일시에 멈췄다. 그 상태로 시선을 주인과 황 프로에게 두었다.

바 테이블 안쪽으로 막 들어선 주인이 가벼운 말투로 답했다.

"아, 그건 조선 시대 때 조금 높은 관직에 있는 사람들을 영감, 대감이라고 부르던 호칭이 이어진 거라나? 권위주의적인 표현이라 공식적으론 금지했는데, 여전히 부르는 사람이 있어. 저 꼰대 황 프로처럼 말이야."

"아하, 그런 거군요! 에이, 우리 형님 꼰대셨네?"

홍 과장이 고개를 끄덕이며 장난스럽게 황 프로를 바라봤다. 즐거운 분위기의 건너편과는 달리, 내 마음은 두려움과 혼란으로 가득 차오르고 있었다.

검사라고? 저 두 사람이? 그럼 홍 과장과 한 실장도 검찰과 관련된 사람들이었나. 그래서 어제 이야기도 나오게 된 걸까? 그렇다면 이곳은 단순한 술집이 아니라는 건데……. 혹시 영화나 드라마에서 보던 잠복을 위해 위장 근무를 하는 곳일까?

하지만 좀 이상하잖아. 검사가 직접 잠복한다고?

"서 프로님 그만두신 게 벌써 7년? 아니, 8년쯤 됐나요? 아쉽진 않으세요?"

"그쪽 일이, 신체적으로도 힘들고 스트레스가 원체 많을 수밖에 없잖아."

아, 주인은 검사를 그만둔 거구나! 나도 모르게 고개를 끄덕거렸다.

서 프로는 고개를 숙인 채 두 사람 앞의 상단 테이블을 행주로 훔치며 말했다.

"그런데 한창 열심히 일해야 할 나이에 몸이 안 좋아지니까, 건강을 잃게 될지도 모른단 생각을 하니까 모든 게 덧없게 느껴지더라고. 그때 고민 많이 했지. 내가 정말 검사 일을 좋아하는 걸까, 다른 일을 하고 싶은 건 없나, 내가 뭘 하다가 죽으면 후회가 없을까. 그리고 가장 중요한 거. 내가 언제 가장 행복한가……."

착잡한 말투로 읊조리듯 말하던 서 프로가 말과 함께 동작을 멈췄다. 이내 고개를 번쩍 들더니 홍 과장을 바라보며 밝게 외쳤다.

"그러다 내가 만든 음식을 사람들이 맛있게 먹어주는 모습을 볼 때가 제일 행복하다는 걸 깨달았지! 그래서, 여기, 이렇게, 응?"

서 프로는 입고 있던 앞치마를 양손으로 잡고 펼치며 연극배우 같은 포즈를 취해 보였다. 홍 과장은 그 모습에 환호하듯 박수를 치며 천진난만하게 말했다.

"와우! 덕분에 저희는 땡잡은 셈이네요, 좋은 곳에서 맛있는 거 양껏 먹으니!"

"그래? 지금 그건, 내가 아팠던 게 자네한텐 행운이라는 뜻이야?"

정색하는 서 프로 말에 홍 과장이 깜짝 놀라 몸을 수그리며 말했다.

"아, 저, 그건 아니고요……. 몸은, 건강은 이제 괜찮으신 거죠?"

서 프로가 팔짱을 낀 채 그를 잠시 내려다봤다. 내 쪽에서는 등밖에 보이지 않아서 실제 어떤 눈빛이 오갔는지 알 수 없으나, 홍 과장이 겁먹은 강아지처럼 잔뜩 움츠러든 모습은 확실히 보였다.

"그래, 괜찮아. 그래도 얄미우니까 한 대 맞고 끝내자!"

서 프로는 그렇게 말하며 갑자기 홍 과장의 어깨를 한 대 툭 쳤다. 생각보다 강도가 셌는지 그가 외마디 비명을 내뱉었다. 서 프로는 만족스러운 듯 웃음을 터뜨리곤 몸을 돌렸다. 곧장 바 테이블 한쪽에 준비되어 있던 주전자를 챙겨 내게 다가왔다.

"홍 과장 때문에 물 챙겨주는 것도 늦었네. 오늘은 뭐 먹을래요?"

나는 잠시 고민에 잠겼다가 고개를 쑥 뽑아 황 프로 쪽을 내다봤다. 내 의중을 이해한 서 프로가 입가에 미소를 띠고 말했다.

"아, 황 프로는 시작은 꼬치구이로 했는데, 조금 전에 바지락 갱국밥을 해달라고 해서 만들고 있는 참이야. 예전에 우리가 자주 출몰하던 법원 앞에 바지락 전문점이 있는데 같이 근무할 때 자주 가서 먹었거든. 마침 나도 같이 먹으려고 양을 넉넉히 만들었는데, 어때요? 한번 먹어볼래요?"

서 프로가 도발적으로 물었다. 나는 시선을 내리깐 채 크게 고개를 끄덕였다. 그러자 서 프로가 손가락을 튕겨 소리를 내더니 힘찬 목소리로 말했다.

"오케이! 그거면 이따 집에 돌아가서도, 속도 편하고 좋을 거예요."

"서 프로님, 저도 그거! 그거 주세요!"

어느새 다시 밝아진 목소리의 홍 과장이 외쳤다.

"어련히 알아서 챙겨줄까!"

핀잔과는 달리, 주방으로 향하는 서 프로의 입꼬리가 위를 향해 있었다.

서 프로가 사라지자, 어제와 마찬가지로 가방에서 텀블러와 수저통을 꺼내 테이블 위에 놓았다. 바지락갱국밥? 역시 처음 들어보는 음식이었다. 알 수 없는 기대감이 명치에서 몽글거렸다.

건너편에서는 홍 과장이 흥분한 목소리로 황 프로와 주고받는 말소리가 들려왔다. 홍 과장은 휴대폰으로 뭔가를 찾으며 말했다.

"형님, 그럼 시작할게요. 준비하시고……."

황 프로는 정면에서 조금 아래 허공에 시선을 고정한 채 긴장한 표정이었다.

"두구두구두…… 첫 번째 문제는, 포르쉐 뉴 911 터보 S 카브리올레!"

홍 과장의 말이 끝나자마자 황 프로가 조금의 여유도 두지 않고 즉시 외쳤다.

"사, 사륜구동, 3734cc, 622마력, 가, 가솔린."

"딩동!"

홍 과장이 신이 난 목소리로 차임벨을 흉내 낸 후 곧바로 다시 말을 이었다.

"형님, 이번엔 저번에 연습했던 것처럼 말을 조금 천천히 해보세요! 다음 문제는…… 페라리 F430!"

"후—륜구동, 4308cc, 490마력, 가—솔린."

"맞아요, 와, 역시 대단해요! 형님, 하나만 더요!"

단어를 더듬던 황 프로가 숫자를 말할 땐 더듬거리지 않았다. 그리고 홍 과장의 지도에 따라 말을 조금 천천히 발음하려고 노력하자 더듬거림도 함께 줄어들었다. 게다가 황 프로는 홍 과장이 묻는 자동차에 관한 사양을 하나도 남김없이 모조리 완벽하게 맞히고 있는 듯했다. 단순 사양이 아니라 세부 수치가 포함된 내용인데도 홍 과장 입에서 연신 정답이란 말이 튀어나왔다.

한참 그렇게 두 사람이 주고받을 때, 서 프로가 주방에서 음식을 쟁반에 받쳐 나왔다. 쟁반 위에 뽀얀 국물로 가득 찬 커다란 국밥 그릇 네 개가 놓여 있었다. 국밥을 끓이기 시작할 땐 나와 홍 과장이 도착하기 전이었을 텐데, 그렇다면 저 많은 양을 황 프로와 둘이서 먹을 생각이었던 걸까? 문득 심심포차가 문을 닫게 된 건 서 프로의 손이 대책 없이 크기 때문은 아닐까 싶었다.

서 프로가 두 사람에게 먼저 음식을 주며 말했다.

"홍 과장은 황 프로만 만나면 그놈의 자동차 사양 퀴즈 시작이냐."

"맨날 해도 형님이 완벽하게 외우고 계신 게 신기하거든요. 아하핫!"

"자, 잘 먹겠습니다! 여, 영감, 아니 서, 선배, 선배님!"

황 프로가 갑자기 벌떡 일어나 외쳤다. 전혀 예상할 수 없었던 그의 행동 때문에 나도 모르게 짧은 비명을 지르고 말았다. 홍 과장이 벌떡 일어나 걱정스러운 표정으로 물었다.

"괜찮으세요?"

나는 가슴을 쓸며 천천히 고개만 끄덕였다.

"어머, 아가씨 놀랐겠다. 미안해!"

주인도 돌아보며 걱정스럽게 말했다. 황 프로는 겁에 질린 표정으로 아무 말도 못 한 채 굳어 있었다. 그런데 홍 과장이 조심스럽게 내게 물었다.

"저…… 혹시, 영화 〈레인 맨〉 보셨어요?"

〈레인 맨〉?

보육원에서 단체로 본 적이 있었다.

그 제목을 듣고 나서야 처음 황 프로를 봤을 때 기시감이 들었던 이유를 깨달을 수 있었다. 내가 고개를 끄덕이자, 홍 과장이 싱긋 웃으며 차분하게 설명했다.

"황 프로님도 영화 속 레이먼드와 같은 증후군을 앓고 계세요. 서번트 증후군이라고 하는데요, 기억력이나 연산 같은 부분에선 엄청난 천재성을 발휘하지만 감정을 읽어내거나 하는 건 좀 서툴러서 사회성은 조금 떨어지는……. 근데 다행히 우리 형님은 사회성 좋으시죠? 저랑 이렇게 잘 지내시니까!"

홍 과장이 왼팔을 황 프로 어깨에 걸치며 장난스럽게 말했다.

"홍 과장 덕도 크지. 자네 훈련 덕에 황 프로 말 더듬는 게 많이 나아졌거든."

서 프로가 내 앞에 국밥 그릇을 내려놓으며 덧붙이자, 홍 과장은 쑥스러운 듯 대꾸했다.

"어유, 서 프로님이 갑자기 칭찬을 해주시니 몸 둘 바를 모르겠네요. 전 어릴 때 지금의 형님보다 훨씬 심한 말더듬이였거든요. 제 노하우를 조금 전수해드린 것뿐입니다. 아하하핫!"

"조금만 칭찬해주면 또 하늘 높이 솟아오르지? 홍 과장은 진짜!"

서 프로는 다시 건너편으로 돌아가서 화기애애한 분위기의 그들과 합류했다.

증후군이라는 말이 조금 다른 느낌을 부여했지만, 어쨌든 그건 상당한 발달장애일 터였다. 그런 장애가 있는데도 검사직을 수행하고 있다니 놀랍다는 생각밖에 들지 않았다. 단순히 기억력만 좋아서는 불가능했을 것이다. 타고난 장애 때문에 말하는 것조차도 마음대로 통제할 수 없는 상황에서 황 프로가 그 일을 해내기 위해 얼마나 많은 고충을 겪고 극복해냈을지 상상이 가지 않았다.

마음속 깊은 곳에서 형언할 수 없는 경외심이 생겨났다. 내가 가진 신체적 특이 사항은 황 프로가 극복해야 했던 장애에는 비할 바가 못 된다는 생각에 뒤통수라도 얻어맞은 기분이었다. 게다가…… 홍 과장이 지나가듯 언급한 이야기도 나를 부끄럽게 하긴 마찬가지였다. 그도 어릴 때 심한 말더듬이였다니. 지금의 홍 과장은 그런 티가 전혀 나지 않았다. 자신의 장애를 완벽히 극복한 것이다. 아니, 그런 어려운 시절 따윈 아예 경험한 적 없는 사람처럼 보였다. 행복한 표정으로 국밥을 먹고 있는 그의 얼굴에서 미소가 사라지지 않았다.

이제껏 여러 상황에서 괴물의 눈만 탓하며 원망하고 도망치려 한 내가 한심하고 창피해졌다. 나는 정말 모든 상황에서 저들만큼 노력했을까. 갑자기 정체를 알 수 없는 바람이 머릿속에서 소용돌이치며 지나온 시간을 복기하게 했다.

내 기억 속에 부모란 존재는 없다. 다섯 살 정도의 나이에 보육원 앞에 버려졌으니 그 전에 그들과 함께한 찰나의 기억이라도 있을 법한데, 나는 어느 한순간도 기억하지 못했다. 그래서 보육원에서의 기억이 내가 가진 최초의 기억이었다. 그리고 그것은 아이들로부터 받은 숱한 놀림과 멸시, 괴롭힘을 당했던 일로만 가득 차 있었다. 내가 그나마 운이 좋았던 거라곤 부모라는 사람들이 괴물의 눈에 대한 보상이라도 한 듯, 상당히 좋은 두뇌를 물려준 것뿐이었다.

나는 어릴 적부터 집요하게 답을 찾아내는 분야, 과목으로 치자면 특히 수학과 과학 쪽에 소질이 있었다. 하지만 남들처럼 이를 칭찬해주고 독려해줄 누군가가 없었다. 아니, 어쩌면 없었던 덕에 누구의 간섭도 없이 미래를 스스로 결정하고 실행할 수 있었다. 고등학교 때 이미 학교 공부는 접고 탐구적 갈증을 해소해주는 프로그래밍 언어에 빠져들었다. 결국 그게 나의 미래이자 현재를 만들었다.

미성년을 벗어나는 열여덟 살이 되자, 국가는 대학에 진학하지 않은 나 같은 아이들에게 오백만 원만 쥐여주고 세상에 나가라고 했다. 아동이라 부르며 돌봐주는 척 속박하더니, 하루아침에 갑자기 어른이 되었다며 보호기관을 나가 독립하라고 했다. 많은 수의 아이들이 준비되지 못한 상황에 방황했다. 제대로 된 일자리를 구하지 못하는 경우가 대부분이었고 그렇게 망가져갔다.

나는 달랐다. 내가 아이들을 피해 홀로 지내며 쌓은 실력과 기술로 상당히 높은 비용을 받을 수 있는 일을 찾아냈다. 멸시와 배고픔, 외로움을 극복하고 독학으로 버텨낸 난관의 시간은 곧 내 실력이자 전문성이 되었다.

내가 한동안 수저를 움직이지 않는 것을 본 서 프로가 난감한 표정으로 물었다.

"왜 그래요? 입맛에 안 맞나? 별로야?"

음식이 입에 맞지 않아 먹다 만 것으로 보인 모양이었다. 고개를 들어 서 프로의 그릇을 보니 그녀는 벌써 반쯤 비운 상태였다. 황급히 고개를 가로젓곤 서둘러 숟가락으로 국밥을 떴다. 하지만 너무 다급하게 움직인 탓인지 숟가락을 입으로 가져갔을 땐 아직 입술이 열리기 전이었다. 입술에 튕긴 숟가락이 그대로 테이블 위로 떨어졌다.

"아!"

내가 작게 탄식을 내뱉자 서 프로가 자리에서 벌떡 일어나며 말했다.

"아이고, 옷에는 안 튀었어? 잠깐만, 물티슈 줄게!"

일단 옆에 있던 냅킨으로 옷을 닦아냈는데 다행히 묽은 국물만 조금 튀어서 얼룩은 생기지 않았다. 서 프로가 물티슈를 건네려다 가죽 장갑을 보고 물었다.

"혹시 추워서 그래? 난방 더 높여줄까?"

장갑을 벗지 않는 이유가 손이 시려서라고 생각한 모양이었다. 조금 망설였지만, 그녀가 괜한 성의를 더 보일까 싶어서 설명했다.

"아니, 그런 건 아니고…… 제가 다른 사람이 사용하던 물건에 닿는 걸 싫어해서요. 죄송합니다."

처음으로 서 프로에게 길게 말을 했다. 그조차도 진실이 아닌 거짓말이었다. 나는 고개를 숙여 들통날까 두려워하는 눈빛을 감췄다.

"아, 그런 거였구나! 그럴 수도 있지, 그게 무슨 죄송할 일이야? 추운 게 아니라니 다행이네. 아…… 그래서 수저랑 텀블러도……."

서 프로는 고개를 끄덕이며 호응하더니 수저통과 텀블러에 시선을 두며 말을 줄였다. 내가 옷에 튄 국물을 물티슈로 다시 닦아내는 동안 그녀는 테이블에 떨어진 숟가락을 씻어다 주었다. 서 프로는 내 감사 인사를 미소로 받은 후 자리로 돌아가 국밥을 마저 먹기 시작했다.

나도 국밥을 먹으며 그녀의 얼굴을 조심스레 관찰했다. 한때 검사직에 있었다지만 지금의 모습을 보면 그런 일을 했을 거란 느낌이 전혀 들지 않을 만큼 부드러운 인상이었다. 황 프로가 깍듯이 대하는 걸 보니 처음 예상했던 것보다 나이가 더 많을 것 같았다.

문득 내게 엄마라는 존재가 있다면 서 프로와 또래일 수도 있겠다는 생각이 떠올랐다. 동시에 서 프로에게 두었던 시선을 급히 거둬들였다. 내 사고의 흐름이 향한 일탈에 충격받아 국밥을 뜨던 숟가락을 뚫어져라 바라봤다. 평소의 나였다면 보육원에 버려진 날을 생일 삼아 1년에 한 번 생각할까 말까 한 존재를, 나를 낳고 버린 그 사람을 짧은 시간에 벌써 두 번이나 떠올렸다는 게 믿기지 않았다.

이곳, 서 프로가 운영하는 심심포차는 내게 여러 가지 면에서 계속 처음의 경험을 선사했다. 따뜻하고 포근한 공간, 언제나 곤

두선 나의 긴장이 풀리는 곳, 기대어 쉬고 싶은 곳. 그래서 자꾸만 내 발걸음이 이끄는 곳.

그렇기 때문에 묘하게 위험하다는 느낌이 드는 이상한 곳.

"그나저나 황 프로, 아까 그 소환장은 뭐야?"

어느새 그릇을 거의 다 비운 서 프로가 마지막 남은 국물을 수저로 싹싹 긁으며 물었다. 황 프로는 급작스러운 질문에 놀라 몸을 곧추세우며 답했다.

"그, 그게 얼마, 얼마 전에 판결이 끝난 사, 사건입니다. 사, 사이비 교주 조, 종말, 종말론이요."

"아, 그거? 어머, 판결이 어떻게 나왔어? 그때 사기 의도 입증이 힘들어서 난감하다고 이 프로가 그랬는데?"

서 프로가 마지막 숟갈을 입술로 야무지게 훔치곤 황 프로에게 얼굴을 들이밀었다.

홍 과장도 다 먹은 듯 냅킨으로 입술을 닦아내며 물었다.

"엣? 그건 무슨 사건이에요? 얼핏 들어도 무척 재밌을 것 같네요?"

"아, 그, 그게……."

"진짜 흥미로운 사건 맞아. 어떤 사이비 종말론자가 종말을 예고하면서 교인들에게 돈을 갈취한 사건! 그런데 그 교주가 자신도 정말로 종말이 올 거라 믿은 걸 어떡하냐고 주장하니까, 기소하는 입장에서는 사기 의도 입증이 어려웠거든."

황 프로가 제대로 입을 떼기도 전에 서 프로가 앞서서 홍 과장에게 설명했다.

사이비 종말론이라니, 독특한 사건에 상념이 깨지고 자연스레 관심이 옮겨갔다. 너무 신난 목소리의 서 프로로 인해 황 프로는 조금 당황스러운 듯 등을 뒤로 젖혔다. 그렇게 그녀와의 거리를 확보한 후에야 말을 덧붙였다.

"마, 맞습니다. 교주, 교주가 자신도 종말이 닥칠 거라고 정말로 믿었, 믿었었고 그, 그래서 사람들에게 그렇게 말했다고 주장, 주장을 하니까……."

"그래, 교인들한테서 모은 돈으로 종말 대비 구호품과 식품을 사들여서 시설 창고에 모아뒀다며. 이 프로도 그것 때문에 사기 의도를 증명하기가 힘들다고 했거든. 그런 행위 자체가 교주도 종말을 정말 믿고 있었다는 증거니까."

서 프로가 황 프로의 말을 끊으면서까지 대신 설명한 뒤 어서 답을 내놓으라는 눈빛으로 그를 쳐다봤다. 황 프로는 난처한 상황을 드러내려는 듯 홍 과장과 내게 차례로 시선을 뒀다가 고개를 숙였다.

서 프로는 잠시 어리둥절해하다가 어이가 없다는 듯 곧장 쏘아붙였다.

"아니, 다 끝난 사건인데 이 친구들 있어서 말하기 힘들다는 거야? 막상 증인 소환장을 흘리고 다닌 게 누군데. 너 진짜 웃긴다, 황! 하하하하!"

서 프로가 큰 소리로 웃음까지 터뜨리자 황 프로는 당황해 어쩔 줄 몰라 했다.

"아, 그, 그건 죄송, 죄송합니다. 제, 제가……."

"저희가 귀라도 막고 있을까요?"

홍 과장이 짓궂은 표정으로 귀에 양쪽 검지를 세워서 꽂는 시늉을 했다. 동시에 내게도 고개를 까닥이며 눈짓을 보냈다. 어떻게 할까 고민하다가 허둥지둥 장갑 낀 손으로 양쪽 귀를 덮었다. 서 프로는 그런 우리의 모습을 번갈아 보더니 손을 강하게 내저으며 말했다.

"아유, 무슨! 아니야, 아니야. 이게 무슨 엄청난 지능범 사건도 아니고 단순한 사기 사건인데, 뭘. 됐어, 됐어! 아가씨, 귀 안 막아도 돼요. 홍 과장은 막고 있어, 자넨 위험인물이니까. 크크크."

"네에? 아, 진짜 서 프로님! 자꾸 저만 미워하시기예요?"

홍 과장은 진짜로 서운한 듯 소리 높여 불만을 토로하곤 입술까지 삐죽거렸다. 그 모습에 나도 모르게 작은 코웃음이 나왔다. 한 번도 그래본 적 없던 무의식적인 반응에 놀라 급히 손으로 입을 막았다. 다행히 아무도 소리를 듣지 못한 것 같았다. 묘한 만족감에 손 아래에서 좀 더 입꼬리를 올려 웃어보았다. 기분이 입꼬리를 따라 올라가는 느낌이었다.

"그래서 황 프로, 어떻게 됐는데? 정말 말 안 해?"

"교, 교주의 자산을 압수, 압수 수색했습니다."

채근하는 서 프로의 말에 황 프로가 잔뜩 긴장해서 말했다. 하지만 서 프로는 답이 시원찮다는 듯 고개를 갸우뚱하며 말했다.

"이전까지 꼬투리를 못 잡아낸 걸 보면 엄청 용의주도한 놈 아냐? 걸릴 만한 위험이 있는 건 진즉 숨기거나 처리했을 텐데, 압수 수색에서 새롭게 나올 게 있었을까?"

서 프로가 황 프로 쪽 테이블에 팔꿈치를 올리며 몸을 숙였다. 그녀의 얼굴이 자신에게 가까워지자 황 프로는 의자를 뒤로 빼며 다시 한번 물러났다. 마치 작은 애완견이 성질 사나운 사냥개가 다가오자 피하는 것처럼 보였다.

"아, 아마 별거 아니라고 생각, 생각했던 것 가, 같습니다. 그, 그런데 교주의 지갑, 지갑에서 저, 저희도 생각, 생각하지 못했던 걸 바, 발견했습니다. 그, 그게 상황을 바, 반전시켰습니다."

"지갑에서요? 흠, 지갑에서 사기를 입증할 만한 게 뭐가 있지?"

홍 과장이 고개를 기울이며 생각에 잠겼다. 서 프로도 몸을 돌려 테이블에 등을 기댄 채 생각했다. 앙다문 입술 위로 생각에 잠긴 눈이 날카롭게 반짝였다.

나도 그들을 따라 추리에 빠져들었다. 종말론과 지갑이 과연 무슨 상관이 있을까. 아무리 생각해봐도 딱히 연결고리가 떠오르지 않았다. 나름 뛰어나다고 생각한 내 머리도 이런 쪽으로는 영 그렇지 못한 모양이었다.

침묵이 길어지자, 기다리던 황 프로가 침을 꿀꺽 삼키곤 다시 입을 열었다.

"보, 복, 복권이 나왔습니다."

"복……권?"

서 프로는 그 단어를 다시 말해보면서도 이해할 수 없다는 듯 눈을 굴렸다. 하지만 이내 손가락을 튕기며 자신감에 찬 얼굴로 황 프로를 돌아보며 소리쳤다.

"하! 날짜로군! 날짜로 덜미를 잡힌 거구나?"

"아, 마, 맞습니다!"

황 프로가 서 프로의 답에 화색을 띠며 손뼉까지 쳤다.

복권? 날짜? 무슨 말이지?

전혀 감이 잡히지 않았다. 괜히 자존심이 상하기도 하고 궁금한 마음이 커져서 평소의 나답지 않게 황 프로를 뚫어지게 바라보고 말았다. 그는 나와 눈이 마주치자마자 놀란 듯 시선을 내렸다. 나도 그제야 실수를 깨닫고 급히 고개를 숙였다.

설마 황 프로가 괴물 눈을 눈치챈 건 아니겠지? 급히 눈을 피하던 그의 모습에 걱정이 차올랐다. 서클렌즈도 꼈고 오른쪽 앞머리도 늘어뜨렸으니 그럴 가능성은 낮았지만 심장은 실수를 질책하듯 격하게 뛰었다.

서 프로가 장난기 어린 말투로 물었다.

"홍 과장, 어떻게 된 건지 알아냈어? 표정 보니까 아직인 것 같은데?"

홍 과장은 미간을 잔뜩 찌푸린 채 분한 표정으로 서 프로를 바라보다 다급히 외쳤다.

"힌트, 힌트 주세요!"

"역시, 우리 홍은 도전 정신이 있단 말이지! 황 프로, 힌트 좀 줘라."

서 프로는 칭찬인지 약을 올리는 것인지 알 수 없는 말을 하고, 정작 다음을 황 프로에게 넘겼다. 황 프로는 곧장 홍 과장을 돌아보며 말했다.

"보, 복권은 추첨, 추첨일이 저, 정해져 있어."

그 말을 듣자마자 뇌리에 번개처럼 생각 하나가 꽂혔다. 동시에 그게 바로 답이라는 확신이 들었다.

홍 과장도 짧은 감탄사를 내뱉으며 흥분한 목소리로 두 사람을 향해 외쳤다.

"아! 추첨일이, 복권 추첨일이 종말을 예언했던 날보다 뒤였던 거군요? 맞죠?!"

두 사람이 동시에 뿌듯하다는 표정을 지었다.

"아싸, 맞혔다! 아하하핫!"

홍 과장이 환호성을 질렀다. 곧바로 어깨를 들썩이며 춤추는 시늉까지 해 보이자, 지켜보던 두 사람이 크게 웃음을 터뜨렸다.

나도 미소를 띤 채 그들을 보며 머릿속에서 사건을 정리해보았다.

교주가 자신이 주장했던 대로 정말 종말이 벌어진다는 것을 믿었다면 예언 날짜 이후에 추첨이 되는 복권은 그에게 의미가 없는 물건이다. 세상이 망한 후에 추첨할 복권은 사지도, 지갑에 고이 간직하며 그때 이루어질 일말의 가능성을 기대하지도 않아야 했다. 그런데 그런 복권을 사서 가지고 있던 것은 교주가 주장한 '종말을 믿고 있었다'는 말에 명백히 반하는 행동이었다.

황 프로는 교주가 교인들의 돈을 갈취한 규모가 상당한데도 복권의 행운까지 기대해야 했던 건, 장부에는 구호품 가격을 조작해 기록하는 방식으로 돈 대부분을 빼돌렸고 그 돈을 온라인 도박으로 날렸기 때문이라고 추가로 설명했다. 이야기를 모두 들은 서 프로는 고개를 절레절레 흔들며 덧붙였다.

"교주가 복권 당첨금에 욕심을 안 냈으면 못 잡을 뻔했네. 아니, 심지어 복권을 샀더라도 본인 지갑 말고 다른 곳에 뒀으면 소유자 입증이 힘들어서 복잡해졌겠어. 하늘이 황 프로와 이 프로를 도왔구나! 운이 좋았어, 하하하하!"

서 프로의 호탕한 웃음소리가 다시 한번 가게를 채웠다. 황 프로는 그런 그녀를 바라보며 묵직한 미소를 얼굴에 올렸다.

"근데 서 프로님, 사이비 교주가 예언이 틀렸어도 사기로 입증하기 어려운 건 왜 그런 거예요? 그럼 무당이나 점쟁이가 봐준 점괘가 틀려서 문제가 생기더라도 책임을 물을 수 없어요?"

홍 과장이 손가락으로 턱을 톡톡 튕기며 궁금한 듯 물었다. 서 프로는 홍 과장의 질문이 이해된다는 표정으로 고개를 끄덕이더니 황 프로를 돌아보며 눈짓을 보냈다. 그에게 답을 하라는 의미인 것 같았다.

황 프로는 침을 꿀꺽 삼키더니 설명하기 시작했다.

"파, 판, 판례에 따르면 무, 무속, 무속신앙은 논, 논리의 범주에 있다기보다는 정신적이고 신비적인 세계를 전제로 서, 성, 성립된 것이므로, 어떤 결과보다는 마, 마음의 위안이나 평, 평정을 목적—으로 합니다."

황 프로는 말을 마무리한 후 앞에 놓인 물컵을 들어 벌컥벌컥 들이켰다. 서 프로는 뿌듯한 웃음을 짓고 갑자기 표정을 싹 바꿔서 추가 설명을 덧붙였다.

"사기죄가 친고죄나 반의사불벌죄*에 해당하지 않기 때문에 고소 여부와 상관없이 사기 여부를 판단해볼 수는 있습니다만, 이미 점사(占辭)에 대한 법원의 판단은 방금 황 프로가 설명한 것과 같습니다. 다시 말해, 점을 보는 행위 자체가 마음의 위안과 평정을 목적으로 한다고 보는 취지이기 때문에, 실제 점사가 맞았느냐의 여부는 따지지 않습니다."

조금 전과는 확연히 다른 말투였다. 사람 좋고 다정해 보였던 모습은 간데없이 '서 프로'라는 이름으로 활약했을 당시의 당찬 검사의 목소리였다. 이런 정확한 발음과 발성으로 사람들이 그녀의 말을 더욱 신뢰하게 만들었을 것이다. 말 한 마디 한 마디가 내 머리에 데이터로 코딩되어 들어오는 느낌이었다.

홍 과장이 두 손을 기도하듯 모은 채 눈을 반짝이며 말했다.

"와……. 서 프로님, 방금은 진짜 검사 같았어요! 짱 멋짐!"

* 반의사불벌죄(反意思不罰罪): 피해자가 가해자의 처벌을 원하지 않는다는 의사를 표시하면 처벌할 수 없는 범죄.

"뭐? 야, 홍 과장! 내가 검사 밥을 몇 년을 먹었는데 당연…… 컥! 쿨럭쿨럭!"

버럭 소리를 지르던 서 프로가 말을 미처 끝내지 못하고 입을 가린 채 기침을 격하게 뱉어냈다. 놀란 내가 자리에서 벌떡 일어났지만, 그녀는 괜찮다는 듯이 손을 내젓곤 재빨리 주방으로 뛰어 들어갔다. 그 안에서도 한동안 거친 기침 소리가 계속됐다.

홍 과장이 자리에서 일어나 주방 쪽으로 고개를 내밀고 소리쳤다.

"서 프로님! 괜찮으신 거예요?"

서 프로는 괜찮다고 답했지만 여전히 그 목소리에 기침이 섞여 있었다. 홍 과장이 걱정스러운 표정으로 황 프로에게 물었다.

"지금도 몸이 많이 안 좋으신 거예요? 다 나으신 거 아니셨어요?"

황 프로는 의미를 알 수 없는 표정으로 고개를 천천히 가로저었다. 이때 주방에서 숨을 고르는 소리가 들려왔다. 다행히 기침이 멎어가는 듯했다.

서 프로가 검사를 그만둬야 했던 문제가 여전히 진행 중인 모양이었다. 심각한 병인 걸까. 혹시 서 프로도 심심포차의 운명처럼 시한부의 삶을 살아가고 있는 걸까?

서 프로가 아무렇지 않은 듯 밝은 얼굴로 주방에서 나오며 말했다.

"아우, 미안, 미안! 나이가 드니까 자꾸 목에 가래가 껴서 이렇게 기침을 하네. 전염병도 감기도 아니니까 너무 겁내지들 말아. 하하하하!"

황 프로는 자신이 가진 장애 때문에 서 프로의 실제 감정을 읽을 수 없는 것 같았다. 순박한 표정으로 서 프로를 바라보며 커다란 미소만 짓고 있었다. 홍 과장은 애써 얼굴에 웃음을 만들었지만 서 프로를 보는 눈길에 측은한 빛을 감추지 못했다.

나는 그녀가 상황을 최대한 감추며 아무렇지 않은 척 연기하는 모습이 안타까워 그만 울컥했다. 급히 고개를 숙여 마음을 추슬렀다. 우스웠다. 내가 뭐라고 그녀를 불쌍하게 여긴단 말인가. 서 프로는 남은 시간 동안 자신의 행복을 위해 하루하루를 이렇게 열심히 살아내고 있는데. 그러니 생을 포기하겠다고 마음먹은 나보다 훨씬 멋진 사람이었다. 내겐 그녀를 동정할 자격이 없다.

그동안 내가 나를 지켜내기 위해 만들었던 규칙 중에는 같은 장소를 세 번 이상 방문하지 않는 것도 있었다. 세 번이면 서로의 얼굴을 익히게 되고, 말을 섞게 되고, 결국 흔적을 남기게 된다고 믿었기 때문이다.

하지만 여기, 심심포차만큼은 괜찮을 것 같았다. 어차피 다음 주면 문을 닫는 곳이었으니 더 오고 싶어도 올 수 없고, 내 흔적이 남아도 결국에는 사라질 곳이니까. 그러니 내 인생에 잠시 들어오더라도 문제가 생기지 않으리라 판단했다. 즉각적으로 머릿속에 코드를 하나 짜 넣었다.

```
while 시간 < 가게의_남은기간 do
 if 나의_남은시간
  가게에_들르다 && 함께_서_프로
 end
 시간 += 하루
end
```

심심포차가 문을 닫기 전까지 가능한 자주 들러 서 프로와 시간을 보내겠다는 다짐이었다.

작업을 완료한 후 고개를 들어 서 프로를 바라보았다. 그녀가 내 시선을 느끼고 돌아보았다. 처음으로 제대로 된 시선을 교환했다. 내 괴물 눈은 앞머리에 안전하게 가려져 있었다. 그런데도 심장이 빠르게 뛰었다. 불안감 때문인지 누군가와 처음 제대로 시선을 맞춘 흥분 때문인지, 정확히 알 수는 없었다.

잠시 의아한 눈빛을 보이던 서 프로가 이내 크고 밝은 미소를 지어 보였다. 뿔테 안경 너머의 눈이 반달이 되었다. 그 따스함이 오롯이 느껴졌다.

## 세 번째 날.
## 평화롭지 않은 중고나라

어제는 심심포차에 들르지 못했다. 진척이 더뎠던 작업 때문에 토요일에 이어 일요일까지 연달아 강도 높게 일해야 했다. 그렇게 단 하루 건너뛰었을 뿐인데 그곳이 계속 생각났다. 특정 장소가 자꾸 가고 싶고 생각나다니, 이런 게 그립다는 감정인 걸까. 사실 내 인생은 언제나 어딘가에서 벗어나고 싶은 생활의 연속이었다. 보육원에서, 학교에서, 사람들의 시선에서. 그런 나에게 속하고 싶은 장소와 감정이 생기다니, 어색하고 부자연스러운 느낌과 묘한 흥분감이 뒤섞여 스스로도 그게 좋은 감정인지 어떤지 판단이 서지 않았다.

작업 스케줄을 맞추기 위해 무리를 했던 터라 오늘은 일을 쉬기로 했다. 원래는 외출 계획도 없었다. 그런데 늦잠을 자고 일어나 늦은 점심을 때운 후 스마트TV에 내장된 OTT 앱으로 영화를 한 편 보는데 심심포차 생각이 머리에서 떠나질 않았다. 그곳에 앉아 있는 내 모습이 자꾸만 상상됐다. 오늘은 또 어떤 사람들이 모여서 무슨 이야기를 나눌까, 오늘 서 프로가 준비한 음식은 뭘까, 그걸 먹으면 나는 또 행복한 감정을 느낄 수 있을까……. 그런 생각이 머릿속에서 자꾸만 회전목마처럼 돌고 돌았다.

해가 저물자, 결국 출근 때와 같은 차림을 갖춰 입고 집을 나섰다.

"어서 오세…… 어? 아가씨 또 왔네! 오늘로 벌써 세 번째다, 맞죠?"

이제 막 가게 오픈을 준비하는 듯 서 프로가 테이블을 닦다가 반갑게 나를 맞았다. 고개 숙여 인사하고 이젠 내 지정석이 된 자리로 향했다.

자리에 앉아 휴대폰을 보니 저녁 여덟시가 조금 넘어가고 있었다. 심야 시간에 운영하다 보니 아무래도 오픈 시간 자체가 늦는 모양이었다. 다음에 올 때를 대비해 그 시간을 숙지해야겠다고 생각한 찰나, 어리석은 철저함에 피식 웃음이 났다. 어차피 이 가게나 나나, 이 거리에서는 이번 주까지만 유효한 존재가 아니었나.

서 프로는 바로 정리를 마무리하고 여느 때처럼 따뜻한 물 주전자를 가져다줬다.

"오늘도 텀블러랑 수저 있죠? 텀블러는 종일 사용했을 테니 한번 헹궈줄까?"

"아…… 오늘은 첨 쓰는 거라……."

"아, 바빠서 커피 마실 시간도 없었어? 어떡하냐!"

서 프로의 어이없는 넘겨짚기에 당황해서 살짝 미소만 지으려 했는데, 그만 나도 모르게 배시시 웃어버렸다. 그녀는 내 웃음에 기분이 좋은 듯 "커피 대신 맛있는 걸 만들어줘야겠다!"라고 말하며 호탕하게 웃었다.

겉옷을 벗어 걸어두고 언제나처럼 텀블러에 물을 따랐다. 오늘은 귤이 아닌 레몬 향이 났다. 텀블러를 코앞에 가져와 따뜻하게 피어오르는 레몬 향을 맡으니 역시 나오길 잘했다는 생각이 들었다.

그때 서 프로가 다가오더니 바 테이블 쪽으로 기대서며 중얼거렸다.

"예쁜 손님이 바쁜데도 들러줬는데, 뭘 만들어줘야 후회 안 하려나?"

찻주전자의 따뜻한 레몬 물만으로도 이미 만족스러운데, 이를 알 리 없는 그녀는 진지하게 고민에 잠겼다. 아무거나 달라고 말하려는 순간, 서 프로가 먼저 입을 열었다.

"사실 오늘 비가 온다고 해서 어묵탕을 주요리로 밀까 생각했거든? 근데 이놈의 기상청이 또 틀렸지 뭐야. 그래도 어묵탕 어때? 혹시 좋아하는 해산물 있으면 추가로 넣어주는 것도 가능하고!"

"어묵탕, 좋아요."

"담백하게? 아님, 칼칼하게?"

내 음식 기호가 까다로운 편도 아니었고 서 프로가 해주는 거라면 어느 쪽이든 상관없었다. 하지만 내 취향에 맞추려 일부러 신경 써주는 게 고마워서 조금이나마 마음이 더 가는 쪽으로 골랐다.

"칼칼?"

"오케이! 굿 초이스!"

서 프로는 만족스러운 듯 엄지를 치켜세우며 바로 주방으로 들어갔다.

그녀가 방금 사라진 주방 경계의 플라스틱 발에서 '술 주(酒)' 한자가 흐트러졌다 모이기를 반복했다. 오늘은 가볍게 술도 한잔 곁들일까. 취하면 곤란하니까 맥주로 마셔야지. 들뜬 마음으로 건너편 바 테이블 구석 음료 냉장고에 채워진 다양한 맥주병에 시선을 고정했을 때였다. 미닫이문이 열리는 소리와 함께 남자들의 왁자지껄한 목소리가 들렸다.

시선을 돌려 보니 경찰복을 입은 젊은 남자 두 명이 가게로 들어서고 있었다. 긴장감에 목이 뻣뻣해졌다. 이 지역 담당 경찰들이 야간 순찰차 들른 걸까? 하지만 그렇다고 보기엔 시간이 너무 이른데…….

둘 중 키가 크고 호리호리한 체격의 남자가 시선을 느낀 듯 내게로 얼굴을 돌렸다. 나는 깜짝 놀라 황급히 고개를 숙였다. 그러나 곧장 실수를 깨닫고 입술을 깨물었다. 경찰을 이런 식으로 피하는 행동은 괜한 의심을 사서 검문 대상이 된다던데, 괴물 눈 때문에 사람들의 시선을 피하는 게 습관이 되어버린 나는 아무 생각 없이 움직이고 말았다. 번거로운 일이 생길까 마음이 불편해졌다.

"어서 오…… 아, 조박 순경들!"

주방의 발 사이로 의례적인 인사말을 건네던 서 프로의 말투가 바로 바뀌었다. 반가운 목소리로 봐선 이번에도 아는 사이인 모양이었다. 경찰들이 사적인 목적으로 이곳에 방문했다는 것을 알게 되자 긴장이 조금 풀렸다.

서 프로는 여전히 발 사이로 고개만 내민 채 두 사람에게 말했다.

"가게 폐업할 때 되어가니까 이제야 온 거야? 일단 앉아, 앉아!"

그러곤 곧장 주방으로 다시 사라져버렸다. 그 주방을 향해 키가 작고 동글동글한 경찰관이 서운한 듯 사투리로 외쳤다.

"오메, 검사님, '박조'라고 부르시랑께요! 나가 나이도 더 많고 가나다순으로 해도 앞인디, 와 자꾸 조 순경 성을 앞에 붙이신당가요!"

불만을 토로했지만 친근감이 가득한 투정이었다. 말을 마친 그는 얼굴에 웃음을 가득 머금고 주방과 마주하는 위치에 자리를 잡고 앉았다. 지난 이틀 동안 건너편에 앉았던 사람들보다 훨씬 가까워진 거리라 괜히 신경이 쓰였다. 키가 큰 경찰도 그 옆에 자리를 잡았다.

사투리를 쓰는 경찰이 박 순경이고 다른 한 사람은 조 순경일 것이다. 확실히 조 순경이 박 순경보다 어려 보였다. 나와 비슷한 이십대 후반 정도? 박 순경은 그보다 서너 살 많을 것 같았다.

"그래그래, 알았어! 담부턴 '박조 순경들'이라고 부르면 되잖아!"

주방에서 서 프로가 장난스럽게 소리쳤다. 박 순경이 그 말에 히죽거리자 조 순경도 따라 웃은 뒤 물었다.

"오늘도 잔치국수 드시겠습니까?"

박 순경이 슬쩍 고개를 끄덕이더니 고민에 찬 표정으로 주방을 보며 말했다.

"근디 오늘도 오뎅 있을랑가? 쩌번엔 냄는 거 올려주셨는디 확실히 맛이 달라블드라고. 하, 오늘도 있음 좋을 것인디……."

서 프로가 지금 어묵탕을 만드는 중이라고 말해주고 싶었지만 입이 쉽게 떨어지지 않았다. 도와주고 싶은 마음보다 그들의 관심을 피하고 싶은 마음이 더 컸다.

"어묵 있어! 올려줄게!"

서 프로가 주방에서 소리쳤다. 혼잣말 같았던 박 순경의 목소리를 용케 주방 안쪽에서 들은 모양이었다.

"아따, 귀도 밝으셔잉! 감사혀요!"

"서 검사님, 국수는 곱배기요! 계란후라이도 부탁드립니다!"

박 순경이 주방을 향해 감사를 표하기가 무섭게 조 순경이 급히 덧붙였다.

"알았어—어!"

서 프로의 대답에 두 사람은 소기의 목적을 달성한 듯 마주 보곤 다시 히죽거렸다.

음식 주문이 완료되자 조 순경은 익숙하게 자리에서 일어나 테이블 한쪽에 준비되어 있는 물통과 컵 두 개를 챙겨 자리로 돌아왔다. 따뜻한 찻주전자도 준비되어 있었지만 남자들이라 그런지 겨울에도 차가운 물을 선호하는 모양이었다.

"어, 고맙다잉."

조 순경이 건네는 컵을 받아 들며 박 순경이 고마움을 표하자, 조 순경은 컵에 물까지 마저 따라주며 물었다.

"박 순경님도 잔치국수 좋아하시나 봅니다. 저야 원체 면이면 사족을 못 쓰니까 아무 면이나 다 좋아하는 편인데, 선배님은 유독 잔치국수를 드시더라고요?"

"그라제, 잔치국수 좋제! 근디 최근 내 최애는 감자옹심인디 서울엔 파는 곳이 잘 없어븐께. 쩌번에 그, 평창올림픽 지원 땜시 강원도 갔을 때 말여, 몸은 피곤혀도 그거 양껏 먹어서 허버 조았으야!"

박 순경은 바로 물 한 컵을 그대로 들이켰다. 조 순경이 물을 다시 채워주며 물었다.

"아, 그때 평창에 지원 가 계셨습니까?"

조 순경의 호응에 박 순경은 조금은 거들먹거리는 느낌으로 말을 시작했다.

"하, 말을 말랑께. 급허게 간다고 지대로 준비도 못 혔는디, 얼척없는 사건도 막 터져블고야. 나가 올림픽 함시롱 그런 사건을 처리헐 줄은 꿈에도 몰랐당께!"

"네? 무슨 큰 사건이 있었습니까?"

조 순경이 놀라서 질문하던 순간, 서 프로가 어묵탕을 들고 주방에서 나왔다. 매운 고춧가루 향이 뜨거운 어묵 국물의 김을 타고 가게에 퍼졌다. 두 순경은 갑자기 말을 멈춘 채 내 앞에 놓이는 어묵탕의 움직임을 따라 시선과 고개를 동시에 움직였다.

"마침 쑥갓도 있어서 넣었어! 칼칼하니까 너무 매우면 말해요, 국물 더 넣어줄게!"

서 프로가 살짝 넘쳐흐른 국물을 행주로 훔쳐내며 말했다.

정말 맛있어 보이는 푸짐한 어묵탕이 유혹의 김을 뿜어내며 내 앞에 놓여 있었다. 나는 황급히 손가락을 뻗어 냉장고를 가리키며 말했다.

"저, 캔 맥주도 하나, 파랑 캔……."

"오늘은 술도? 하긴, 그 어묵탕만 먹긴 아쉽지!"

서 프로가 냉장고에서 내가 가리킨 맥주를 꺼내 건네줬다.

나는 냅킨으로 맥주 캔의 입구를 깨끗하게 닦아낸 후 텀블러에 남은 물을 마셔버리고 거기에 맥주를 따랐다. 청량감을 품은 맥주 거품이 뽀글뽀글 올라와 천천히 텀블러를 채웠다. 맥주와 어묵탕을 나란히 놓고 바라보자 금세 입 안에 침이 고였다. 행복한 기운이 배 속 깊은 곳에서 가슴을 타고 올라왔다.

“조박, 아니 박조 순경들 것도 바로 줄게, 국수 삶는 중이야. 아, 계란후라이는 못 주겠더라. 계란이 다 떨어졌더라고, 하하하하!”

그 말에 조 순경의 표정이 순식간에 세상이라도 잃은 듯 바뀌었다. 서 프로가 그럴 줄 알았다는 듯 그에게 한 발짝 다가가 덧붙였다.

“대신 삶아놓은 건 있으니까, 그거 같이 내줄게.”

“앗, 감사합니다, 검사님!”

조 순경은 삶은 계란 이야기에 얼굴이 바로 밝아지더니 소리 높여 답했다. 마른 체형이라 많이 먹지 않을 것처럼 보이는데도 식탐은 꽤 많은 모양이었다. 서 프로가 다시 주방으로 사라지자 조 순경이 다시 박 순경을 돌아보며 물었다.

“그래서 평창올림픽 때 무슨 사건이 있었습니까?”

“흠, 긍께 그거시 말여, 글로벌한 사건이었제. 개막식 때 어떤 놈이 무대에 난입혀서 공연을 방해해브러가꼬, 거시기, 뉴스에도 나왔을걸? 허버 순식간에 일어난 일이여가꼬 잡아끌고 내려오느라 난리도 아니었는디, 조사해보니께 한국계 미국인인 거시여. 껄적지근혀서 일단 훈방조치 했는디, 근디 그게 한 번으로 끝나지가 않은 거시였제. 담날 남북단일팀 하키 경기가 있었단 말이제. 근디 그놈이 또 거기에 술을 쳐마시고 오고, 허, 참말로…….”

조 순경은 별다른 반응 없이 선배의 말을 듣고 있었다. 하지만 박 순경은 그때 일을 생각하면 치가 떨린다는 듯 과도한 손짓을 해가며 이야기를 이었다.

“근디 그담엔? 글씨, 기자들 미디어센터까지 들어와브렀어. 그땐 어데서 요상스런 가면까지 구혀서 뒤집어쓰고 와가꼬 쇼를 허고……. 난중에는 아주, 차 위에 올라가서 소리 소리를 질러쌌코 뛰어댕기고, 진짜 난리 난리 상 난리도 아니었당께? 그란디, 거, 위에서는 좋은 행사 중인께 요란 떨지 말라케싸가꼬 조용히 넘기자 혔는디, 사고가 끝이 없응께, 결국 구속영장 신청해서 수감시켜브렀어야! 시상에 별놈이 다 있드랑께!”

“아…… 네.”

박 순경이 설레발쳤던 규모에 비해 실제 내용은 상당히 소소한 수준이었다. 조 순경 눈에 실망한 기색이 역력했다. 나도 지난 두 번의 방문에서 들었던 이야기에 비해 오늘 박 순경이 말한 사건은 흥미가 떨어질 수밖에 없었다.

박 순경은 조 순경의 반응이 약하자 살짝 눈치를 보더니 연거푸 물을 들이켰다.

나는 하릴없이 어묵탕을 젓가락으로 이리저리 헤집으며 생각에 잠겼다. 오늘은 사건 이야기는 포기하고 어묵탕과 맥주만으로 만족해야 하는 걸까. 물론 서 프로의 어묵탕은 훌륭했고 오랜만에 마시는 맥주도 잘 어울렸다. 하지만 이곳에 오면 만날 수 있던 흥미로운 사건 이야기가 빠지자, 어쩔 수 없는 아쉬움이 고개를 들었다.

그때 주방에서 서 프로가 두 사람 몫의 잔치국수와 삶은 계란 그리고 간단한 반찬을 쟁반에 받쳐 나왔다. 박 순경은 구세주가 나타난 듯 몸을 세워 그녀를 맞았다. 서 프로는 쟁반을 두 사람 앞의 테이블에 내려놓곤 나를 턱으로 가리키며 말했다.

"저 아가씨 덕에 어묵탕 국물을 국수 국물과 섞었더니 훨씬 맛있어졌어. 면 퍼지기 전에 어서들 먹어!"

두 사람이 웃으며 내게 가볍게 인사를 건넸다. 그리고 누가 먼저랄 것도 없이 자기 몫의 그릇을 직접 들어 옮겼다. 서 프로는 반찬 그릇만 두 사람 사이에 놓아주는 것으로 식사 세팅을 마무리했다.

"잘 먹겠습니다잉!"

"정말 맛있어 보입니다, 서 검사님!"

박 순경은 잘 먹겠다는 말을 마치자마자 젓가락을 바쁘게 움직였고 조 순경은 조금 더 예의를 차려 서 프로에게 인사를 건넸다. 하지만 이후엔 둘 다 허겁지겁 국수를 흡입하느라 한동안 아무런 말이 없었다. 두 사람이 맛있게 먹는 모습을 보니 내가 먹고 있던 어묵탕도 덩달아 더 맛있어 보였다.

서 프로는 흐뭇한 눈길로 두 사람을 잠시 바라보다가 내게 물었다.

"맛 괜찮죠? 오늘은 내가 생각해도 국물을 너무 잘 뽑은 거 같아. 예술이지?"

"네, 맛있어요."

진심을 담아 그녀에게 답했다. 어묵은 그래도 다른 음식에 비해 익숙한 음식인데도 서 프로의 어묵탕은 어딘지 모르게 다른 맛이 나서 매력적이었다. 쑥갓 향이 포인트였다. 국물은 마시면 마실수록 더 당겼다. 마치 바닷물을 마시면 갈증이 더해지는 것과 같았다. 어묵도 한 입 크기로 먹기 좋게 잘려서 숟가락으로 국물과 번갈아 떠먹다 보니 어느새 배가 불러왔다.

서 프로가 국물을 거의 비운 내 그릇을 보고는 물었다.

"국물 조금 더 줄까? 참, 삶은 계란도 먹을래요?"

원래 음식을 많이 먹는 편이 아니었지만 두 남자가 잔치국수 국물에 삶은 계란을 적셔 먹는 것을 보고 있자니 조금 식욕이 당기던 참이었다.

"고맙습니다."

서 프로가 주방에 들어간 사이, 캔에 남은 맥주를 텀블러에 따르고 보니 남은 음식에 곁들이면 딱 좋을 양이었다. 기분이 괜스레 더 좋았다.

두 사람은 어느새 국수를 다 해치우고 그릇을 양손으로 들어 바닥에 남은 국물까지 마무리하고 있었다.

서 프로가 계란과 국물을 가지고 나와 내게 건넨 후 그들을 향해 물었다.

"벌써 다 먹었어? 뭐 좀 더 줄까?"

"그라믄 안 되어라! 지가 요새 다이어트 중이랑께요!"

제법 단호하게 박 순경이 대답했다. 서 프로가 그의 말에 뭐라고 반박하려는 듯 입을 열었다가 이내 고개를 가로저으며 조용히 웃었다. 삶은 계란 다섯 개 중 세 개를 그가 먹어치운 걸 확인했기 때문이다.

박 순경은 부른 배에 양손을 올리고 만족스러운 듯 싱글거렸다. 조 순경도 이내 식사를 마친 듯 냅킨으로 입술을 닦아냈다. 그 모습을 보던 서 프로가 기다렸다는 듯 조 순경에게 물었다.

"참, 조금 전 평창올림픽 때 사건, 혹시 그 이야기야? 조 순경이 근무했던 팀에서 처리한 특이한 사건?"

"아, 중고 거래 사기 말씀입니까?"

두 사람의 대화에 박 순경이 움찔 놀라더니 옆으로 고개를 돌려 후배의 얼굴을 쏘아봤다. 조심스레 낮은 목소리로 물었다.

"뭐시여, 대형 사건……이여?"

그의 목소리에서 시기심이 살짝 묻어났다. 외모가 통통해서 그런지, 어딘지 모르게 귀여워 보였다.

"아닙니다. 큰 사건은 아니었는데, 그 발상이 좀 독특해서 다른 사건들과 달리 기억에 좀 남는달까요. 기술이 발전할수록 범죄가 꼭 그에 맞춰 따라붙는다고 생각하게 한 사건이었습니다."

"어…… 그렇구먼. 그라서, 뭐 어떻게 된 거였는디?"

담담하게 답하는 조 순경에게 박 순경이 다시 넌지시 물었다. 하지만 조 순경은 말할 만한 거리가 아니라는 듯 손과 함께 고개까지 내저었다. 그러나 그 반응이 오히려 박 순경의 신경을 건드린 모양이었다.

"아따, 뭔디! 아야, 고만 뜸 들이고 풀어놔브러라, 쫌!"

박 순경의 짜증 섞인 소리에 조 순경은 깜짝 놀란 듯 몸을 뒤로 뺐다. 서 프로는 얼굴까지 붉힌 박 순경을 보며 재밌다는 듯 크게 웃음을 터뜨렸다. 이어서 조 순경에게 어서 말해주라며 손짓했다. 조 순경은 당황한 표정으로 두 손을 공중에 들어 보이며 말했다.

"아! 네, 네. 제가 잘못했습니다, 지금 얘기하겠습니다!"

잠시 숨을 돌린 조 순경이 말을 시작했다.

"그게, 동계올림픽을 우리나라에서 개최한다고 하면 한국 사람들이 가장 보고 싶어 하는 경기가 뭐겠습니까? 바로 쇼트트랙 경기죠. 거기에 동계올림픽의 꽃이라는 하키 경기도 국내에서 외국 선수들의 경기를 보는 게 쉽지 않으니, 마니아 팬들은 꽤나 기다렸던 경기였다고 합니다. 그래서 예매 경쟁이 엄청 치열했는데, 그 입장권들이 중고 물품을 거래하는 온라인 카페에 그리 높지 않은 금액으로 올라왔습니다. 그러자 구매를 원했던 사람들은 혹해서 너도나도 달려들 수밖에 없었죠."

"아하, 돈만 입금받고 입장권을 안 보내브렀구먼? 그라제, 그런 사기 거래 많제!"

박 순경이 가슴팍에 팔짱을 끼며 아는 척 끼어들었다. 생각보다 하찮은 사건이라 판단했는지 금세 의기양양한 표정으로 돌아왔다.

하지만 조 순경은 살짝 미소를 짓더니 고개를 가로저으며 말했다.

"말씀하신 대로 그런 사기 거래는 많습니다. 예전에는 특히나 그랬죠. 이 사건이 유별났던 건, 판매자가 입장권을 소유하고 있지도 않았기 때문입니다."

"뭐시여?! 아니, 그믄 구매자들은 입장권 실물 사진을 확인도 안 허고 돈을 보내브렀단 말여? 요새는 실물 사진 확인도 허고, 당장 갖고 있는지 볼라고 문구나 시간 같은 거슬 함께 찍으라고까정 시키잖여? 허참, 거 구매자들은 고런 기본적인 것도 확인 안 혔다가 당혔구만?"

박 순경이 혀를 끌끌 차며 안타까워했다. 내 생각도 박 순경과 같았다.

중고 거래 카페에서는 과거에 찍어두었던 사진을 올리거나 다른 사람의 사진을 가져와서 자기 것인 양 설명하여 입금을 유도하고 잠수를 타버리는 경우가 있었다. 워낙에 그런 일이 비일비재해지자 사람들은 나름의 대비책을 마련했고 그중 가장 많이 사용하는 게 실시간 인증 사진이었다. 구매자들은 판매자에게 메시지를 보내서 즉각적으로 요청한 메모 문구나 손가락 표시 등을 물품과 함께 찍어달라고 요구한다. 보통 오늘 날짜와 시간 등을 요구하지만, 간혹 정말 생뚱맞은 문구를 요청하기도 했다. 그래서 가끔 웃긴 인증 사진이 SNS에 올라오기도 하는데, 어쨌든 그게 사기 거래를 막는 데는 확실히 큰 도움을 주었다.

의외로 싱거운 사건이어서 다시 실망하고 말았다. 아쉬움을 달래려 반쯤 남은 계란을 짓이겨 어묵 국물에 풀었다. 그걸 숟가락으로 떠서 막 입에 넣으려는데, 서 프로가 박 순경을 타박하며 말했다.

"박 순경아, 요즘 사람들이 얼마나 똑똑해졌는데 그걸 안 했겠니? 그렇게 했는데도 당했으니까 나까지 기억하는 사건이 된 거지!"

"뭐여? 조 순경, 참말이여?!"

박 순경은 이번에도 전혀 예상치 못했다는 듯 조 순경을 돌아보며 물었다. 단순한 성격이 매번 그의 반응에서 그대로 드러났는데 그 모습이 마치 코미디 콩트 같아서 절로 웃음이 났다.

"네, 그랬습니다. 구매자들은 판매자가 자신들이 요구한 인증 사진까지 무리 없이 확인시켜준 데다 추가 요청하는 경우에는 신분증까지 찍어 보여주면서 안심시키자, 그걸 믿고 거래를 진행했던 겁니다. 하지만 결국 판매자는 여러 명에게 돈만 입금받고 배송은 차일피일 미루다가 결국 잠수를 탔습니다. 그렇게 서른두 명에게서 총 천이백만 원 넘게 가로챘습니다."

조 순경의 설명을 듣던 박 순경의 턱이 점점 아래로 떨어지더니, 그의 말이 끝나자마자 흥분한 목소리로 되물었다.

"입장권으로 천이백? 허, 프리미엄까지 붙어브렀나! 그라믄 그나저나 인증 사진, 그건 어떻게 찍은 거당가? 아까침에 분명히 입장권도 사실은 안 갖고 있었다메? 딴사람 걸로 찍었당가? 근디 그랬으믄 실시간 인증, 그거시 어느 시점에선 불가했을 것인디? 인증 사진 자체를 합성해브렀나? 그라도 티가 안 나게 할 정도면 그라픽디자이너 수준은 돼야 했을 것인디, 그라믄 범인 직업이 그쪽이여?"

박 순경은 자문자답 식으로 자신의 추측을 속사포처럼 풀어냈다. 사실 난 어서 조 순경의 설명을 마저 듣고 싶었지만, 자꾸만 본인 생각을 이야기하느라 시간만 끄는 박 순경 때문에 조바심이 났다. 나도 모르게 미간이 찌푸려졌다.

"그게 이 사건의 재밌는 포인트입니다. 사람들은 보통 박 순경님처럼 인증 사진을 위조할 생각을 하게 됩니다. 남이 올린 입장권 사진을 구해서 인증 메모를 올리는 방식을 떠올리기 쉽죠. 하지만 선배님이 말씀하셨다시피, 그건 상당히 까다로운 작업입니다. 이미지의 톤이라든가 테두리 등이 조금만 엉성해도 금방 티가 나니까요. 범인은 그렇게 전문적인 작업을 할 능력은 없는 사람이었습니다. 그래서 어렵고 복잡한 합성이 필요한 인증 사진을 작업하는 대신, 다른 방법을 찾아냈습니다."

조 순경이 잠시 말을 멈췄다. 즉시 서 프로 얼굴에 흥미로운 표정이 떠올랐다. 영화의 반전을 미리 알고 있는 사람의 만족감 같은.

"뭐시여, 뭔디?"

박 순경이 조바심을 담아 조 순경에게 묻자, 조 순경이 싱긋 웃고는 답했다.

"입장권 자체를 위조한 겁니다."

조 순경이 내뱉은 말이 내 이마로 날아와 조금 전 만들었던 미간의 주름을 말끔히 펴냈다. 박 순경은 방금 들은 말을 이해하지 못한 듯 잠시 멍한 표정이었다. 그러나 곧 감탄하듯 입을 열었다.

"입장권 위조……. 그라네, 그라믄 작업이 훨씬 쉬워브렀겠어……."

"맞습니다. 범인은 온라인 검색으로 올림픽 입장권 도안에 가까운 이미지를 쉽게 얻었습니다. 그걸 날짜나 좌석 같은 것만 수정한 후 사이즈에 맞게 출력해서 실물처럼 보이는 데 성공합니다. 중복으로 거래를 올려도 걸리지 않을 수 있었던 이유가 날짜와 좌석을 다양하게 바꿀 수 있었기 때문에 동호회에서 단체로 끊은 입장권이었다는 말에 구매자들은 쉽게 설득됐습니다. 위조해서 출력한 입장권으로 구매자들이 요청한 인증 사진도 찍을 수 있었던 거고요. 실물 입장권이나 다름없었으니까요."

사건에 대해 이야기하기 전, 조 순경이 했던 말의 의미를 이제는 알 수 있었다. 기술이 발달할수록 범죄를 저지르는 방식도 다양해진다는.

예전에는 나 같은 전문 프로그래머나 해커가 필요했던 일이 요즘에는 기술의 보편화로 일반인에게까지 그 문턱이 낮아졌다. 예전에는 범죄를 생각지도 않았던 사람이 유혹에 빠질 가능성도 그만큼 높아진 것이다.

"그라믄 신분증도 위조여?"

"아, 신분증은 위조는 아니었고, 동명이인의 사본을 인터넷에서 구해서 사용한 거였다고 합니다. 잘 모르는 일반인은 이미지 형태의 사본을 보안 처리 없이 공개된 곳에 올리는 경우도 많잖습니까."

박 순경이 말없이 고개만 끄덕거리자 조 순경이 마저 설명을 마무리했다.

"입장권 발송이 지연되고 이에 대해 항의하는 댓글이 붙기 시작하자, 구매자 몇 명이 '더치트(TheCheat)' 사이트에 범인 정보를 등록하거나 조회하게 되면서 결국 덜미를 잡혔습니다."

"그러고 보니, 나도 거기까지만 들었었지. 그렇다면 최종 검거는 어떤 식으로 진행했어? 온라인 행적만 남아 있어서 추적이 나름 힘들었을 텐데?"

조용히 듣고 있던 서 프로가 끼어들어 물었다. 조 순경은 자세를 바로 하며 차분한 목소리로 답했다.

"네, 서 프로님 말씀대로 쉽지 않은 일인데, 그래도 운이 좋았습니다. 범인이 마지막 구매자와는 메일로 커뮤니케이션 했는데 그 구매자가 컴퓨터를 좀 다룰 줄 아는 사람이었던 모양입니다. 판매자가 자신이 강원도 거주자라서 입장권을 남들보다 더 수월하게 구입할 수 있었다는 식으로 설명했다는데, 구매자는 혹시나 싶어서 범인이 보낸 메일의 IP 주소를 확인했던 겁니다. 그런데 그게 판매자의 말과는 달리 서울이었던 거죠. 이상하다고 생각한 구매자가 저희 쪽에 바로 신고했고 저희도 IP 주소를 토대로 추적을 진행했습니다."

"보낸 메일의 IP 주소? 뭐시여, 그걸 개인이 확인할 수 있는 거시여?"

박 순경이 눈을 동그랗게 뜨며 조 순경에게 물었다. 하지만 나는 그의 질문을 듣곤 무의식적으로 고개를 크게 끄덕이며 "있지" 라고 작은 소리로 중얼거렸다. 가끔 유튜브 영상을 보며 혼잣말하던 버릇이 나와버린 것이다.

말끔하게 비운 그릇을 바라보며 다음 대화가 들리길 기다리다가 뒤늦게 세 사람의 시선이 모두 나를 향하고 있다는 걸 알아차렸다. 깜짝 놀라서 곧장 박 순경에게 사과의 말을 건넸다.

"아, 아는 분야라서……. 죄송해요."

그 말에 갑자기 서 프로가 반색하더니 다가오며 말했다.

"오, 어쩐지 아가씨 엄청 스마트해 보이더라 했지! 그럼 하는 일이 그런 거야? 뭐라더라, 개발자? 프로그래머?"

말없이 고개만 끄덕여 긍정을 표하자 서 프로는 손뼉을 치며 감탄하듯 덧붙였다.

"와, 멋지다! 그래서 야간작업하고 여기 들르게 된 거구나? 우리 손님 중에도 그쪽 사람들이 있어서 종종 얘기 들었어. 워낙 밤샘 작업도 많고 그렇다며?"

"오메, 여자분인디 우째 그러케롬 컴터를 잘헌다요? 대단해블구만!"

박 순경도 나를 향해 미소를 띠며 큰 소리로 말했다. 그 말이 칭찬이라도 되는 듯한 표현이었다.

타고난 체력의 문제도 아니건만, 이 일을 하는 게 여자라서 대단한 거라니. 여자는 남자보다 논리적 사고를 하기 힘들다는 선입견이 깔려 있었다.

이쪽 일을 하면 으레 듣는 말이었다. 온라인상에서도 내가 여자라고 밝히면 실력이 없을 거라고 지레 판단해 무시하거나, 박순경처럼 성별을 뛰어넘어 재능을 발휘하기라도 한 게 대단하다는 식으로 감탄을 남발했다. 전자의 선입견을 깨기 위해 10년 전 처음 이 일을 시작할 때도 남자인 척 의뢰를 받아 처리해야 했다. 사실 무시든 감탄이든, 둘 다 맘에 들지 않았다. 모두 편견에서 시작된 생각이니까.

결국 나도 모르게 정색해서 말을 내뱉고 말았다.

"성별이 무슨 상관이에요? 세계 최초의 프로그래머도 여자였는데요."

막상 말을 하고 나니 초면에 너무 날을 세웠나 싶었다. 하지만 이미 엎질러진 물이었다.

박 순경은 당황한 표정이 되었지만, 서 프로는 아랑곳하지 않고 호기심 가득한 목소리로 물었다.

"최초 프로그래머가 여자야? 어머, 첨 들었어! 궁금하다, 더 얘기해줘봐!"

서 프로도 궁금한 건 못 참는 성격이었다. 손님 그릇이 비었으면 뭔가 더 팔 생각을 해야 할 텐데 그런 건 전혀 염두에 없어 보였다. 손이 큰 것과 더불어 이런 성향 때문에 결국 폐업하게 된 게 아닐까.

머릿속에서 흐르는 생각과는 별개로, 나는 그녀에게 손을 내밀며 조용히 말했다.

"휴대폰, 줘보시면……."

"응? 내 꺼?"

말없이 고개만 끄덕였다. 서 프로는 앞치마 주머니에 있던 휴대폰을 꺼내 잠금화면을 열어서 넘겨줬다. 나는 그녀의 휴대폰에서 검색 앱을 찾아 '에이다 러브레이스 백작 부인'을 키워드로 넣었다.

"어? 아가씨 가죽 장갑은 터치가 되네? 역시 젊은 사람들은 신문물을……."

서 프로 말에 따로 대꾸하지 않고 검색엔진에서 출력한 결과 페이지를 눈으로 훑었다. 그중 위키피디아를 클릭한 후 휴대폰을 돌려주었다.

서 프로는 페이지를 보자마자 깜짝 놀란 목소리로 외쳤다.

"어머나, 게다가 영국 시인 바이런의 딸이야?"

"거시기, 지도 쪼까 궁금헌디요?"

박 순경이 조심스레 고개를 뺍으며 서 프로를 쳐다봤다. 서 프로는 이내 그들 쪽으로 몸을 향하곤 화면에 뜬 정보를 읽어 내려갔다.

"에이다 러브레이스 백작 부인! 19세기 영국 시인 바이런의 딸이었던 귀족 여성으로 찰스 배비지와의 공동 작업으로 널리 알려졌다! 음…… 이건 건너뛰고, 어, 배비지의 해석기관을 처리할 목적으로 그녀가 작성한 알고리즘이 최초의 컴퓨터 프로그램으로 인정되면서 세계 최초의 프로그래머라고 불린다!"

"아하, 듣고 본께 테레비서 나온 거 본 거 같기도 하네요잉."

박 순경이 고개를 끄덕거리며 말하자, 서 프로는 믿을 수 없다는 표정을 지으며 반박했다.

"뭐? 처음 들어놓고 갑자기 아는 척하는 거야?"

"오메, 아니여라! 참말이랑께요! 거시기, 일요일 아침에 허는 그……."

"어머, 사람들이 그래서 '아버지는 마음의 프로그래머, 딸은 기계의 시인'이라고 평한대! 이런 것도 너무 재밌다, 하하하하!"

서 프로가 남은 정보를 마저 읽으며 억울해하는 박 순경의 말을 잘라버렸다. 입을 삐죽거리며 불만에 찬 표정을 짓는 박 순경을 약 올리는 듯 그녀는 가게를 쩌렁쩌렁 울리는 큰 웃음소리를 연이어 터뜨렸다. 그 웃음을 따라 나도 작게 소리 내어 웃었다.

거의 웃을 일이 없는 나를 웃게 해주는 이곳의 시한이 앞으로 며칠밖에 남지 않았다. 아쉽다는 생각이 웃음과 함께 허탈하게 마음에 쌓였다.

그런데 갑자기 나를 향한 차가운 시선이 느껴졌다. 그 시작을 찾아 본능적으로 고개를 돌렸다. 시선의 주인은 조 순경이었다. 앞서 몇 번 그의 눈빛을 봤지만 느낌이 확연히 달랐다. 나를 보고 있었지만 내 너머의 다른 무언가를 보는 것 같았다. 의아하게 바라보고 있는 내 시선을 알아챈 그가 퍼뜩 정신을 차린 듯 시선을 떨어뜨렸다.

조 순경은 그 상태로 조용히 읊조리듯 입을 열어 말하기 시작했다. 머릿속에서 생각과 말이 교차하는 듯, 좀 전에 이야기할 때보다 훨씬 느린 속도였다. 말투에는 묘한 긴장감까지 서려 있었다.

"그렇……네요. 최초의 프로그래머는 여성……."

잠시 말을 멈춘 조 순경은 고개를 돌려 박 순경에게 물었다.

"와이파이 원천 기술도 여성 발명가가 만든 거라던데, 혹시 알고 계셨습니까?"

"뭐시여? 와이파이? 뭔 기술?"

물론 나는 알고 있는 이야기였다. 이쪽 계통의 일을 선택하기 전 고민하던 때에 에이다 바이런과 함께 내게 희망을 준 인물이었으니까.

그녀의 이름은 바로 '헤디 라마'. 정확하게는 와이파이와 블루투스의 원천 기술인 주파수 도약*을 발명한 사람이었다. 흥미롭게도 본래 그녀의 직업은 할리우드를 주름잡는 배우였는데, 다수의 고전 영화에 출연한 것은 물론, 디즈니 애니메이션인 백설

* 주파수 도약(frequency hopping): 무선망에서 송수신부에서 데이터통신에 쓰이는 주 주파수를 일정한 함수에 따라 바꾸면서 통신하는 기법으로 CDMA 기술 개발에 큰 영향을 미쳤다.

공주 캐릭터의 모델로도 유명하다.

내가 좋아하고 존경하는 인물에 대한 정보를 알고 있다니, 갑자기 조 순경에 대한 호감도가 확 올라갔다. 조금 멀끔하게 생겼을 뿐 쾌활한 성격의 박 순경에 비하면 심심한 사람이라고 생각했는데.

갑자기 조 순경이 자리에서 일어서며 다급하게 박 순경을 재촉했다.

"박 순경님, 가시죠! 제가 급한 일을 하나 깜빡했습니다!"

"뭐, 시방? 급한 건 아까침에 다 처리혔는디, 뭔?"

"가면서 말씀드리겠습니다! 서 프로님, 저희 계산은 이걸로 해주세요!"

조 순경이 빠르게 지갑에서 카드를 꺼내 서 프로에게 건넸다.

"하아, 가서 월화드라마 볼라 그랬는디, 뭐시 또 남은 거시여……."

서 프로가 계산을 처리하는 동안 박 순경이 불만에 찬 목소리로 투덜거리며 방한복을 걸쳤다. 조 순경은 서 프로가 건네는 카드와 영수증을 급하게 챙기더니 박 순경의 한쪽 팔을 잡아끌며 곧장 밖으로 향했다. 조 순경은 나가면서 내게 가볍게 고개를 끄덕여 인사를 건넸지만 내 답인사는 기다리지 않고 그대로 몸을 돌려 빠르게 사라졌다. 박 순경은 그런 조 순경이 영 못마땅한 듯 인상을 찌푸린 채 서 프로와 나에게 눈인사를 건네곤 문을 닫았다.

"조가 갑자기 왜 저러지? 항상 차분한 사람이 별일이네."

서 프로는 그들이 떠난 자리의 빈 그릇을 치우며 혼잣말로 중얼거렸다.

시간을 확인하니 벌써 열시가 넘어가고 있었다. 나도 이제 집으로 돌아가 내일 작업을 준비해야 했다. 텀블러와 수저를 챙기기 시작하자 서 프로가 다가와 아쉽다는 듯 말했다.

"아가씨도 가게? 심심한데 다음 손님 올 때까지만 더 있어주지!"

하지만 그녀의 말이 채 끝나기도 전에 손님 네댓 명이 가게 문을 열고 들어왔다. 이미 1차를 치른 듯 산만한 분위기의 남성들이었다. 멋쩍은 표정의 서 프로에게 조용히 웃어 보이며 현금을 건네 계산을 마쳤다.

서 프로는 시끄러운 남자들의 목소리를 뒤로하고 문까지 나를 배웅해주며 '또 와요'라고 소리 없는 입 모양만으로 인사를 건넸다. 나는 고개를 끄덕여 그녀에게 답한 후 심심포차를 나섰다. 곧장 서 프로가 손님들에게 호통치듯 말하는 소리가 등 뒤에서 들렸다.

"으이그! 통 안 보이더니, 서비스 많이 준다니까 이제야 왔어? 자, 자! 빨리 메뉴나 골라봐요. 오늘 서비스는 무조건 어묵탕이니까 딴말하기 없기!"

잠시 가게 문 앞에 선 채 혀를 내밀어 윗입술을 살짝 핥았다. 어묵탕 국물 맛이 짭조름하게 느껴졌다. 입꼬리가 만족스럽게 한껏 하늘로 솟았다.

나는 이곳에서 뒤늦게나마 누군가와 이야기를 나누고 소통하는 걸 배우고 있었다. 그것이 주는 편안하고 안정적인 느낌은 평생 처음 경험해보는 것이었다. 행복했다.

지하철역을 향해 가벼운 발걸음을 뗐다. 분명 겨울 밤공기에 바람까지 실려 있건만, 추위가 전혀 느껴지지 않았다.

# 네 번째 날.
# 두 개의 이름을 가진 여자

일찍 눈이 떠졌다. 작업 기간에는 보통 밤새워 일하고 새벽이나 이른 아침에 잠들어서 정오쯤에나 하루를 시작하는 게 루틴이었다. 하지만 어제 작업을 쉬었던 덕에 오늘은 남들과 비슷하게 아침을 시작할 수 있었다. 어제 서 프로가 만들어준 어묵탕을 잘 먹고 잠도 푹 자서인지 컨디션도 여느 때보다 좋았다.

오늘은 집에서 작업할 계획이었다. 그동안 쌓기만 했던 데이터베이스를 정제하고 분류해서 정리하는 작업이 필요했는데, 그 일은 사양 높은 컴퓨터를 사용할 수 있는 재택 작업이 훨씬 능률적이었다.

우유를 섞는 간편식으로 대충 아침을 때우려고 냉장고 문을 열었다. 우유는 유통기한이 3일쯤 지났지만 냄새를 맡아보니 딱히 이상은 없는 것 같았다. 그러나 텁텁하게 입 안을 채운 간편식을 삼키며 절로 인상이 찌푸려졌다. 예전엔 배만 부르면 상관이 없었는데 요 며칠 제대로 된 음식을 먹었더니 어느새 맛을 따지는 혀로 변한 모양이었다. 오늘은 컨디션도 좋으니 계획한 작업을 빨리 끝내고 저녁에 심심포차에 가야겠다고 생각했다. 냉장고에 비친 내 얼굴에 미소가 떠 있었다.

바로 작업을 시작했다. 코드를 작성하다 보면 한 줄만 더 쓰고 쉬려다가 그 한 줄이 열 줄, 백 줄이 되는 경우가 허다했다. 집에서 작업할 땐 특히나 더 그런 식으로 식사와 잠을 거른 채 일하게 된다. 타인의 생활 패턴에 맞춰 움직일 필요가 없기 때문이다. 오늘도 작업에 몰두하다가 처음으로 화장실에 가려고 일어선 때가 이미 다섯 시간을 훌쩍 넘긴 때였다. 작업 효율은 상당히 좋았다. 전체 작업에 이틀 정도가 걸릴 것으로 예상했는데 다섯 시간 만에 벌써 데이터의 60퍼센트 가까이 처리했다. 이대로 가면 완료까지 네 시간도 채 걸리지 않을 것 같았다.

집에 있던 컵라면으로 간단히 늦은 점심을 때웠다. 어차피 저녁에 서 프로가 만들어주는 음식을 먹을 수 있을 테니 중간에 뭘 챙겨 먹는 것보다 작업을 빨리 마치는 편이 나았다. 그렇게 남은 시간에 화장실도 한 번 가지 않고 데이터 작업을 끝냈다. 직접 고안한 보안 코드로 인코딩까지 해서 클라우드 서버에 업로드까지 일사천리로 진행했다. 그 후 시계를 보니 오후 다섯시가 조금 넘어 있었다. 예상대로 착착 맞아 들어가니 더 신이 났다. 살면서 이런 기분을 느껴본 적이 몇 번이나 있었던가. 참 신기했다. 내게 잘 오지 않는 행운도 오늘 같은 날에는 어디선가 나타날 것 같은 기분이었다.

심심포차는 여덟시쯤 문을 여니까 씻고 준비해서 나가는 시간을 고려해도 아직 한 시간 정도 여유가 있었다. 업무 효율이 잘 나온 김에 여유 시간을 활용해 클라우드 서버에 쌓여 있는 불필요한 데이터를 정리하기로 마음먹었다. 현재 사용하는 클라우드 서버는 프로그래밍을 배우던 초기부터 계속 사용하던 곳이었다. 그렇다 보니 초기 연습 프로젝트의 자잘한 데이터부터 후기 대형 프로젝트의 덩어리 데이터까지 다양한 작업물이 산재했다. 제대로 정리하자면 끝이 없는 작업이었다. 하지만 불필요한 데이터는 클라우드 환경에서 특히나 비용과 직결된다. 앞선 작업으로 집중력이 살짝 떨어졌지만 조금 더 작업을 진행하기로 했다.

추가 작업을 시작하고 얼마 지나지 않아, 큰 용량의 데이터들은 정리되고 자잘한 데이터세트 몇 개만 남았다. 그런데 그중 하나가 내가 처음 이 일을 시작할 때 만들었던 데이터였다. 진즉 삭제했다고 생각해서 다시 볼 일이 없을 줄 알았는데, 아마 그 시절의 내가 첫 작업을 기념해 남겨둔 모양이었다. 삭제하는 명령어를 입력하려다가 손가락을 멈췄다. 그 세월 동안 남아 있었으니 기념으로 얼마간 더 남겨둬도 되겠지 싶어서였다. 고개를 들어 벽시계를 보니 어느새 씻고 나가야 할 시간이었다. 재빨리 서버 접속을 종료하고 욕실로 향했다.

심심포차 앞에 다다랐지만, 나는 바로 들어가지 못하고 잠시 그 앞에 멀뚱히 섰다. 가게 문에 그간 본 적 없던 나무 푯말이 하나 걸려 있었기 때문이었다.

> 마음(心)을 살피는(審) 심심포차 여성의 날, 오늘은 여성만 입장 가능합니다!
>
> ~~(매월 첫 번째 화요일)~~ 오늘이 마지막!

사용한 지 오래되어 보이는 푯말이었다. 나무 위에 덧바른 니스 칠이 벗겨진 상태였고 '매월 첫 번째 화요일'이란 정기 일정 표시를 수정한 '오늘이 마지막!' 문구는 붉은색 손글씨로 쓰여 있었다. 서 프로는 이 이벤트를 매달 진행해온 모양이었다.

이곳에 왔던 첫날, 마음을 뜻하는 한자 말고는 아는 글자가 없어서 심심포차의 뜻이 이런 것인 줄 미처 몰랐다. 그저 한글로 재미없다는 뜻이거나, 맛을 표현할 때의 의미를 떠올렸었다. 그래서 가게 이름을 참 희한하게 지었다고만 생각했다. 하지만 한자 조합이 가진 의미를 알고 나니, 심심포차의 이름이 완전히 다르게 다가왔다. 마음을 살핀다. 서 프로다웠다.

갑자기 가게 문이 확 열리더니 처음 보는 얼굴이 나를 마주 봤다. 깜짝 놀라 고개를 돌려 오른쪽 눈을 감췄다.

문을 열었던 여성이 다급히 내게 사과했다.

"아, 죄송해요. 제 친구인 줄 알고……."

"어? 프로그래머 아가씨! 오늘도 왔네? 잘 왔어, 들어와!"

서 프로가 바 테이블 안쪽에서 소리쳤다. 문을 열었던 여성이 한쪽으로 비켜서며 내가 들어갈 수 있게 자리를 내주었다. 조심스레 가게로 들어서자, 여성은 문을 닫은 후 왼편 자리로 향했다. 그곳에는 이미 김이 올라오는 컵 하나가 놓여 있었다. 어딘지 모르게 평소와 다른 가게 분위기에 살짝 긴장한 채 내 지정석이 있는 오른편으로 걸음을 옮겼다.

서 프로가 주전자를 챙겨주며 물었다.

"오늘도 일찍 왔네? 휴가야?"

"아뇨, 오늘은 집에서 일하다 와서요."

"아, 요즘 재택근무 많이 한다더니! 잠깐만, 난 주방에서 하던 게 있어서……."

말을 끝맺지도 않고 서 프로가 주방으로 사라졌다. 나는 언제나처럼 외투와 가방을 정리하고 물을 따랐다. 오늘은 꽃향기가 났다. 서 프로가 여성의 날이라고 특별히 신경 썼나?

나는 향긋한 물로 입술을 적시며 자연스레 건너편에 앉은 여성을 관찰했다. 여성은 머리에 펌을 했는지 꽤 굵은 컬의 단발머리에 캐주얼한 밝은색 옷차림이었는데, 얼핏 봐도 몸이 꽤 다부져 보였다. 나보다 적게는 네다섯 살, 많으면 열 살쯤 위일 것 같았다. 여성은 아까부터 연신 물을 홀짝거리며 자꾸만 문 쪽을 힐끗거렸다. 아까 나를 친구로 착각했다고 했으니 아마도 그 사람을 기다리는 모양이었다. 하지만 친구를 기다리는데 저렇게까지 초조해할 필요가 있나?

그때 가게 문이 천천히, 아주 조금 열리다가 멈췄다. 건너편의 여성이 기다렸다는 듯 자리에서 벌떡 일어나 문으로 달려갔다. 열린 문틈으로 바깥을 살피더니 곧 문을 확 열어젖혔다. 그러자 검은색 후드 코트로 온몸을 가린 것도 모자라, 선글라스로 눈까지 가린 이상야릇한 느낌의 여성이 모습을 드러냈다. 온통 검은 것으로 가린 얼굴에서 보이는 유일한 신체는 창백한 볼과 입술뿐이었다.

"설…… 아니, 서연아! 잘 찾아왔네? 어서 들어와."

여성은 친구의 두 손을 맞잡아 안으로 이끌었다. 서연이라고 불린 여성은 미소를 지으려는 것 같았지만 얼굴에 힘이 들어가지 않는 듯 표정이 일그러졌다.

"시차 적응은 좀 됐어? 이쪽으로 와서 앉아."

여성은 서연을 이끌어 자신의 안쪽 자리에 앉혔다. 서연은 여성의 말을 얌전히 따르면서도 불안한 듯 계속 주위를 살폈다.

"문 형사 친구분 오셨구나. 어서 와요, 찾느라 고생하진 않았어요?"

주방에서 나온 서 프로가 인사를 건넸는데 평소보다 목소리 톤도 낮았고 속도도 느렸다.

나는 뭔가 이상한 분위기를 느끼고 일단은 조용히 상황을 관찰했다. 서 프로가 건너편 여성을 부른 호칭은 '문 형사'였다. 그녀의 체격이 다부져 보였던 건 직업 때문인 듯했다. 역시 이곳 손님들은 비슷한 일을 하는 사람만 찾아오는 모양이었다. 적어도 지금까지 내가 본 단골손님은 모두 그랬다. 비록 시한부지만 내가 이곳을 드나드는 게 무리한 욕심이 아닌가 싶었다.

문 형사의 친구인 서연은 말없이 고개만 깊이 숙여 인사했다. 서 프로는 그 모습을 바라보며 안타까운 듯 착잡한 미소를 지었는데, 초면이지만 이미 그녀의 사연을 알고 있는 눈치였다. 잠시 그녀에게 시선을 두었던 서 프로는 이내 주방 입구 선반에서 뭔가를 꺼내 문 형사에게 건넸다.

"문 형사, 이제 이거 걸자!"

"네? 이걸요?"

문 형사가 푯말 내용을 확인하고 놀란 듯 되물었지만 서 프로는 손을 내저으며 다시 말했다.

"어차피 이제 더 올 사람도 없을 거야. 밖에 푯말이랑 바꿔서 걸어줘."

서 프로가 문 형사에게 건넨 것은 '오늘은 쉽니다'라고 쓰인 푯말이었다. 푯말을 힐끗 확인한 나는 어리둥절한 표정으로 서 프로를 보았다. 하지만 그녀는 그저 싱긋 웃더니 검지를 세워 입술에 붙였다.

문 형사가 어느새 바꿔 온 푯말을 건네자, 서 프로는 말없이 가게 문의 잠금장치도 손으로 가리키며 눈짓을 보냈다. 문 형사는 고개를 끄덕이더니 그것마저 마무리했다.

가게 문까지 잠근다고? 도대체 무슨 일이지?

문 형사가 다시 자리로 돌아가 앉자, 서 프로는 서연에게 다가가 편안한 목소리로 다정하게 말했다.

"편하게 있어도 돼요, 여긴 안전하니까. 우리끼리 맛있는 거 먹어요."

"고맙습니다, 검사님."

서연은 고개를 숙이고 부서질 것만 같은 목소리로 대답했다. 이내 뭔가를 준비하는 것처럼 깊게 숨을 들이쉬었다 내뱉더니, 잠시 후 느린 동작으로 천천히 머리를 덮었던 후드를 내리고 선글라스도 벗었다.

염색을 평생 한 번도 한 적 없는 것 같은 진한 검정 머리카락이 윤기를 내며 그녀의 어깨를 타고 흘러내렸다. 하얀 피부는 겨울바람의 창백한 기운이 더해져 투명해 보이기까지 했다. 커다랗고 까만 눈망울은 하얀 피부와 대조를 이루며 그녀만의 분위기를 만들어냈다. 그러나 아름다운 얼굴인데도 놀랍도록 생기가 없었다. 푸른빛이 도는 입술색이 그녀를 더욱 애처로워 보이게 했다.

서 프로가 서연의 컵에 물을 따라주며 말했다.

"따뜻한 물이라도 먼저 마셔요, 지금 떡국 끓이고 있거든요. 미국에서 설 때 못 먹고 들어왔다고 문 형사한테 얘기 들었어요."

"정말, 고맙습니다."

서연은 다시 고맙다는 말만 더했다. 문 형사는 옆에서 측은한 눈길로 친구를 바라보았다.

그때 갑자기 가게 문이 덜컹거렸다. 나를 포함한 모두가 놀라서 문 쪽을 바라봤다. 서연은 특히 더 공포에 질린 듯 친구의 팔을 두 손으로 꽉 붙잡았다. 움켜쥔 손은 물론 몸까지 덜덜 떨고 있었다. 내 자리에서도 확연히 보이는 두려움. 서연은 분명 무언가를 끔찍하게 두려워하고 있었다.

문이 한 번 더 덜컹 소리를 내면서 사람의 그림자가 간유리 너머로 비쳤다. 순간 서연이 외마디 비명을 지르며 문 형사 뒤로 얼굴을 감췄다.

"서 프로님! 서 프로님, 괜찮으세요? 무슨 일이십니까?"

언젠가 들어본 적 있는 여성의 목소리였다.

"아, 한 실장……."

서 프로가 가슴을 쓸어내리며 중얼거리더니 곧바로 밖을 향해 소리쳤다.

"한 실장! 나 괜찮아! 잠깐만 기다려, 문 열어줄게!"

문 형사가 문으로 가려고 했지만 서연이 팔을 잡고 있어서 움직일 수 없었다. 결국 내가 가서 잠금장치를 해제하고 문을 열었다. 내 앞에 한 실장이 놀란 표정으로 서 있었다. 하지만 곧바로 나를 알아본 듯 눈인사를 해 와, 나는 눈짓으로 인사를 받고 그녀가 들어올 수 있도록 비켜섰다. 한 실장은 긴장한 표정으로 가게를 슬쩍 들여다보더니 천천히 안쪽으로 발을 내디뎠다. 안에 있던 모두를 차례로 훑어보며 물었다.

"모두…… 괜찮으신 겁니까?"

"어어, 자리에 앉아. 아, 문은 다시 좀 잠그고."

서 프로가 주전자를 가져와 주방과 마주 보는 자리에 놓았다. 한 실장은 문 형사와도 안면이 있는지 고개를 끄덕여 인사를 교환하고 곧장 서 프로에게 물었다.

"문은 왜 잠그신 겁니까? 전 정말 강도라도 든 줄 알고……."

"미안해, 미안해. 사정이 좀 있어."

서 프로가 미소 띤 얼굴로 사과하자, 서연이 침울한 목소리로 끼어들었다.

"다 저 때문이에요. 죄송합니다."

한 실장은 영문을 몰라 당황한 표정으로 문 형사를 바라봤다. 문 형사는 여전히 자신의 팔을 잡고 있는 친구의 손을 토닥인 후 입을 열었다.

"제 친구가 힘든 일이 있었어요. 그게 시간이 지나도 계속 이 친구를 괴롭히네요. 두 분, 불편하게 해드려서 죄송합니다."

문 형사가 한 실장과 나를 향해 고개를 숙여 미안한 마음을 전했다. 나는 당황스러워서 재빨리 고개만 가로저었는데, 한 실장은 서연에게로 시선을 옮겨 조용히 말을 건넸다.

"그러셨군요……. 과거의 기억이 현재를 옭아매는 건 정말 힘든 일입니다. 자세한 사정은 모르지만 그래도 되도록 빨리 극복해내시길 바라겠습니다."

한 실장 목소리에서 따뜻함이 느껴졌다. 딱딱한 말투로도 부드러운 마음을 드러냈다. 서연도 그걸 느꼈는지 한 실장을 바라보는 눈빛에 고마움이 묻어났다. 그녀는 문 형사의 팔을 잡고 있던 손을 스르륵 풀었다. 그리고 친구의 얼굴을 바라보며 고개를 끄덕였다. 뭔가를 허락하는 몸짓이었다.

"진심이야?"

문 형사는 놀란 표정으로 서연에게 물었다. 서연은 말없이, 하지만 미소를 지으며 고개를 다시 깊게 끄덕였다.

문 형사는 잠시 고민하는 듯했지만 마침내 우리를 향해 입을 열었다.

"이 친구는 제 고향 친구인데요, 이름은 바……."

"김, 김, 서연이라고 합니다."

문 형사가 친구의 이름을 말하려는데 서연이 급히 끼어들며 직접 자신의 이름을 이야기했다. 하지만 그러고 나서는 다시 입을 닫아버렸다. 서 프로는 안타까운 표정으로 서연을 바라본 뒤 조용히 몸을 돌려 주방으로 들어갔다.

문 형사는 컵을 들어 목을 축인 후 친구의 이야기를 시작했다.

서연이는 대학을 졸업하기 전 취업에 성공했어요. 꽤 큰 대기업이었죠. 저는 경찰 시험을 준비하고 있었지만, 친구가 그곳에 합격한 걸 다른 친구들에게 자랑하고 다닐 만큼 큰 회사였습니다. 이 친구는 회사가 정말 재미있고 좋다고 했어요. 특히 사수인 선배가 너무 잘 가르쳐주고 챙겨준다고, 많이 배울 수 있어서 좋다고 그러더군요. 그땐 먼저 사회생활을 시작한 친구의 이야기를 듣는 게 몹시 재밌었습니다. 팩스 보내는 법을 잘 몰라서 뒤집어서 보내는 바람에 거래처에 백지 십여 장을 전송했던 일이나, 사무실 전화를 팀장님에게 돌린다는 게 잘못해서 부장님에게 돌렸다거나 하는 실수는 회사 생활을 해보지 않은 취업 준비생들에겐 재미있는 에피소드였거든요.

그런데 어느 날부터인가 친구가 이야기하는 회사 생활이 업무와 관련된 것에서 남자 선배에 관한 것으로 바뀌기 시작했습니다. 그 사람 이야기할 때 눈빛이 반짝였어요. 사랑에 빠진 거였죠.

정말 자신을 그렇게까지 생각해주고 챙겨주는 사람이 또 있을까 싶을 정도로 잘해준다고 했어요. 업무를 가르쳐주고 도와주는 것은 물론, 가족이나 주변 사람의 대소사까지 챙길 정도로 신경을 써주는 사람이라고 했습니다. 전화 통화하다가 친구가 지나는 말로 몸이 좀 안 좋다고만 말해도 지방에서 새벽에 달려올 정도였으니까요. 친구인 제 생일까지 챙겨준다며 유명 베이커리에 케이크를 미리 예약해서 보내준 적도 있어요. 그래서 친구가 행복해했어요, 아주 많이. 행복하다고 말하는 모습을 보면 제가 그 감정을 온전히 느낄 정도로.

그런데 사랑의 감정이라는 게 참 묘한 거더군요. 깊이 사랑하면 사랑할수록 서로에게 더 좋은 미래가 있을 줄 알았는데 그렇지 못했어요. 시간이 지날수록 그 사람의 감정은 이상한 방향으로 변해갔습니다. 친구에게로 향하는 마음이 깊어질수록 사랑이 아닌 집착이 되어갔어요. 친구들을 만나러 가면 언제나 영상통화를 해서 자리에 있던 친구들이 누구인지 직접 다 확인했어요. 그리고 그중에 이성 친구가 하나라도 껴 있으면 무슨 핑계를 대서라도 그 자리에 나타나서 옆자리를 지켰고요.

친구는 처음엔 그저 선배가 자길 너무 사랑해서 그러는 거라고 생각하고 오히려 그 상황을 즐기기도 했어요. 일방적인 짝사랑 같은 게 아니었으니까요. 두 사람은 사랑하는 사이였고 미래에 대해 생각하던 사이였으니까, 그저 한쪽의 사랑이 조금 더 큰 것뿐이라고 생각했던 거죠. 그런데…… 결국 그게 아니었습니다. 인사 발령으로 두 사람의 근무 부서가 나뉘게 되자 남자의 집착과 질투는 예측할 수 없는 방향으로 흘러갔어요.

처음엔 사내 메신저로 단순히 서연이의 생활을 궁금해하는 수준이었대요. 자리를 비우면 어딜 다녀왔냐, 왜 그렇게 오래 비우는 거냐 정도로 시작했는데, 나중엔 팀 점심 식사에도 못 끼게 하는 걸로까지 발전했다고 해요. 사무실 복도에서 우연히 마주칠 때도 친구 옆에 남자 직원이라도 같이 있으면 표정이 굳어서 인사도 받아주지 않았고 그런 날은 퇴근 후 데이트할 때도 얼음장처럼 대하며 괴롭혔다더군요. 두 사람은 그런 걸로 싸우고 화해하고를 거듭하다가…… 결국 친구가 참지 못하고 헤어지기로 결심하고 얘기했어요. 그러자 남자는 갑자기 눈물을 펑펑 쏟으며 자신이 잘못했다고, 다시는 안 그러겠다며 그 자리에서 무릎을 꿇고 빌었대요. 그 모습에 마음이 약해진 친구는 다시 그를 받아

줬고 그 후로는 다행히 전과 같은 일은 벌어지지 않았대요. 오히려 남자가 전보다 더 다정하게 잘해줘서, 이 친구는 자신이 연인의 질투에 너무 과하게 반응했던 게 아닌가 반성까지 했대요.

그런데 몇 달 후 친구가 갑자기 인사팀에서 호출을 받았어요. 알고 보니까 그날, 그러니까 그 남자가 무릎을 꿇고 빌었던 그 직후, 남자는 친구네 부서 직원들에게 자신이 친구와 결혼을 약속하고 이미 동거 중이라는 거짓말을 했던 거예요. 그리고 괜한 오해를 사기 싫으면 친구와 업무적으로도 엮이는 일은 가급적 피하는 게 좋을 거라고 협박을 해왔던 거죠. 결국 부서원들이 이 친구와는 업무를 함께하지 않으려는 분위기가 형성되면서 이슈가 드러났고, 친구는 그때까지 아무것도 모르고 있다가 인사팀에 불려 가서야 진실을 알게 되었던 겁니다.

이 친구가…… 그때 정말 큰 충격을 받았어요. 다른 사람도 아니고 자신이 사랑했던 사람이, 가족 외에 가장 깊게 믿고 있었던 사람이 뒤에서 그런 치졸하고 이기적인 행동으로 자신을 욕보였다는 사실에 치를 떨었어요. 당연히 다시 남자에게 이별을 고했어요. 하지만 만나서 이야기하면 또 매달리며 소동을 벌일 것 같아서 전화로 통보하고 전화와 메시지를 모두 차단하면서 그 사람과의 연락을 모두 끊어냈어요. 그러면 끝날 거라고 믿었던 거예요.

"내 잘못이야. 그때 제대로 만나서 설명하고, 이별을 받아들이

도록 만들어야 했어……."

문 형사가 잠깐 숨을 돌리는 사이 서연이 괴로운 듯 나지막이 중얼거렸다.

그 말에 문 형사는 화가 난 듯 목소리를 높였다.

"말도 안 돼! 그런 거 아니라고 내가 몇 번을 말했니? 설, 서연아, 네 잘못 아니야. 제발, 그렇게 생각하지 마. 그러면 안 된다고!"

"문 형사, 서연 씨한테 너무 세게 얘기하지 마. 그럼 더 주눅 들게 돼."

서 프로가 주방에서 음식을 내오며 차분하게 말했다. 문 형사는 씁쓸한 표정으로 서연에게 뭔가를 속삭였다. 서연은 눈물을 터뜨릴 것 같은 표정으로 천천히 고개를 가로저었다.

"자, 일단 이거 먹으면서들 얘기해요. 배 속이 비면 좋지 않은 감정을 이겨내기 힘들어! 떡국으론 배가 안 찰 것 같아서 갈비찜과 잡채도 같이 준비했어요."

서 프로는 각자의 앞에 떡국 한 그릇과 갈비찜 접시를 놓아주었다. 잡채는 큰 그릇에 담아서 각자 덜어 먹을 수 있도록 두 군데에 나눠서 놔주었다. 서연과 문 형사, 한 실장 앞에 하나, 내 앞에 나머지 하나가 놓였다.

보육원을 나온 후로 명절에도 명절 음식을 따로 챙겨 먹은 적이 없었다. 가족이 없으니 명절 자체를 챙기지도 않았다. 그런 시기엔 대부분의 식당이 문을 닫았다. 그 때문에 다른 사람들이 집에서 거한 음식을 먹을 때 나는 오히려 변변찮은 식사도 하기 어려웠다. 그래도 문을 연 가게에서 명절 음식을 팔기라도 할라치면 일부러 주문했던 적은 있다. 하지만 떡국과 갈비찜, 거기다 잡채라니. 어쩌면 내게 그것들은 호텔 음식보다도 만나기 힘든 호사스러운 음식이었다.

알 수 없는 감상에 휩싸여 음식들을 보고 있다가 고개를 들어 건너편을 확인하니 서연도 감격스러운 표정으로 음식에 시선을 고정하고 있었다. 그녀의 눈에 눈물이 고여 반짝였다.

한 실장이 잡채를 자신의 갈비찜 접시에 덜어 담으며 서 프로에게 물었다.

"잘 먹겠습니다. 그런데…… 설날은 진즉 지났는데, 웬 설음식입니까?"

서 프로는 한 실장 앞에 자신의 자리를 세팅하며 답했다.

"여기 서연 씨가 10년 정도 미국으로 몸을 피했다가 최근에 돌아왔대. 그러느라 설음식을 못 먹었다더라고. 명절 음식 못 먹고 넘기면 서운하잖아."

"몸을 피했다고요?"

한 실장이 놀란 목소리로 묻고는 문 형사 쪽으로 고개를 돌려 말했다.

"그렇다면, 혹시 지금 말씀 중이신 그……."

문 형사는 고개를 끄덕이더니 굳은 표정으로 다시 이야기를 이었다.

이 친구도 이별이 쉽진 않았어요. 남자에게 화가 나고 실망하기도 했지만 좋았던 시간도 분명 있었으니까요. 그래서 제가, 그 사람이 생각나면 차라리 저한테 전화하라고 했어요. 내가 다 들어줄 테니 그렇게 버텨내라고. 하지만 며칠 연속해서 전화를 걸어오던 친구가 갑자기 전화가 없더군요. 하루 정도는 얘가 마음이 진정되어서 그냥 넘기나 싶었는데 이틀, 사흘이 지나도 연락이 안 오니까 뭔가 이상하다는 생각이 들었습니다. 그런데 제 전화도 받질 않았어요. 심상치 않은 일이 벌어졌다고 판단하고 부모님과 회사에 연락을 해봤습니다. 알고 보니 다들 연락이 안 되던 상황이어서 결국 경찰에 실종신고를 했는데……. 다행히 다음 날 이 친구가 나타났어요. 그냥 개인적인 사정이 있었다고 얼버무리며 회사엔 사직서를 써버리더니 부모님에게도 자세한 이야긴 하지 않았어요. 그저 제게만 그 사람과 끝내느라 그랬다고, 이젠 괜찮을 거라고 말하더군요.

나중에야 알게 됐어요. 퇴근하던 친구를 남자가 납치해서 자신의 집에 감금한 채 이별을 번복하라고 협박했다는 걸.

친구는 그의 이해할 수 없는 집착과 집요함에 질려서 그런 식으로 속박된 채 살 순 없다고 생각했대요. 그래서 차라리 죽이라고, 당신을 더 이상 보고 싶지 않다고, 삶을 포기하겠다고 하니까, 그제야 남자가 한참을 괴로워하더니 결국엔 풀어줬답니다. 납치 감금으로 신고하자고 설득해봤지만 친구는 싫다고 했어요. 그의 얼굴을 다시 보는 것도 끔찍해서 조사하는 과정조차 진행하기 싫다고요. 이미 회사까지 그만뒀으니 이제 부딪칠 일이 없을 거라고 생각한 거죠.

하지만…… 여전히 끝이 아니었어요. 그 남자는 사랑이라고 착각했던 집착으로 제정신이 아니었으니까요. 한동안 잠잠하던 남자는 친구의 페이스북 계정을 찾아서 댓글을 달기 시작했어요. 자신 없이 평범하게, 행복하게 사는 친구의 모습을 두고 볼 수 없었던 거예요. 이제 행복하냐, 나 없이 사니까 더 좋냐……. 그런 식으로 시작했던 댓글은 점점 더 과격해졌어요. 지금은 누구랑 붙어먹냐, 예전에 나랑 사귈 때도 사실 양다리 걸친 거 아니었냐. 친구가 댓글을 발견할 때마다 삭제하고 계정을 차단했지만 다른 지인인 척 새로운 계정을 만들어서 입에 담을 수 없는 말을 메시지로 보내왔어요. 결국 친구는 페이스북을 한동안 들어가지 않기로 결심하고 휴대폰에 있던 앱도 삭제했습니다.

그 시기에 저는 경찰 시험을 준비하느라 공부에 방해되는 어떤 활동도 하지 않았어요. 그런데 다른 친구 하나가 제게 지나가는 말로 물어보더군요, 며칠 전부터 이 친구의 페이스북에 이상한 사진과 내용이 올라왔는데 혹시 봤냐고요. 그래서 오랜만에 접속해서 친구의 담벼락을 봤는데…… 누드에 가까운 여성들의 사진이 줄줄이 포스팅되어 있었습니다. 물론 모르는 여성들의 사진이었지만 그중엔 어설프게 친구의 얼굴을 합성한 사진도 있었고 그와 함께 친구의 전화번호, 메신저 아이디까지 공개되어 있었어요. 놀라서 급히 전화를 걸었더니 안 그래도 며칠 전부터 이상한 메시지와 전화가 오고 있는데 어찌 된 일인지 몰라 겁을 먹은 상태였습니다. 그게 페이스북 계정이 해킹당해서 일어난 일일 거라곤 전혀 생각도 못 했던 거예요.

전화로, 문자로, 개인 메신저 톡으로, 모두 친구에게 성관계를 요구하는 내용이었어요. 더럽고 끔찍한 내용으로 쏟아지는 문자와 전화 때문에, 친구는 작은 기계음에도 소스라치게 놀라는 고통을 겪으면서 일상생활이 힘들어졌습니다. 페이스북 계정은 삭제했지만 친구의 연락처나 개인정보가 이미 여러 곳에 퍼졌는지 메시지나 전화는 전혀 줄어들지 않았어요. 결국 사이버수사대에 신고를 했는데…….

아직도 기억이 나요. 친구가 사건의 모든 정황을 알게 된 후 제게 찾아왔던 날이요. 학원에서 야간 수업을 듣고 반지하 자취방으로 내려가는데 계단에 이 친구가 퀭한 시선을 허공에 둔 채 앉아 있었어요. 너무 울어서 퉁퉁 부은 눈에, 세상을 포기한 것 같은 표정으로. 제가 방으로 데리고 들어가자마자 친구는 그대로 무너져버렸어요. 터져버릴 것 같은 답답함을 울음으로 쏟아내며 바닥에 엎드려 한참을 있었어요. 전 그저 친구가 편히 울 수 있도록 다독여줄 수밖에 없었습니다.

한참 후, 어느 정도 진정되고 나서야 이 친구가 그렇게 무너졌던 이유를 들었습니다. 자신이 한때 사랑했다고 믿었던 남자가, 자신을 사랑한다고 생각했던 그 남자가 모두 저지른 일이라는 걸 알게 되었던 겁니다. 단지 자신과 헤어졌다는 이유로 페이스북 계정을 해킹해서 다른 남자들의 놀잇감으로 자신을 던졌다는 것을요.

그때 그래도 절 찾아와서 다행이라고 생각했어요. 혹시 그 절망감에 다른 생각이라도 했더라면…….

"고마워, 네가 그때 잘 잡아주지 않았다면…… 다시 살아갈 힘도…… 방법도 찾지 못했을 거야."

서연이 문 형사를 바라보며 미소 지었다. 문 형사가 애처로운 눈길로 친구의 어깨에 손을 얹었다. 서연은 친구와 잠시 눈을 맞추고 있다가 고개를 숙이고 말을 이었다.

"정말로…… 그땐 모든 걸 포기하고 싶었어요. 길을 지나다 스치는 모든 남자가 제 페이스북에 올라갔던 합성된 이미지를 보며 날 성적 대상으로 소비하고, 그 사진을 공유하고 내게 메시지를 보냈던 사람인 것 같았어요. 누군가와 눈이 마주치면 혹시 그런 사람이 날 알아본 걸까 두려워 심장이 뛰고……."

서연의 상황이 나와 완전히 같은 건 아니었지만 사람들을 두려워하고 피하려고 했던 마음은 같다고 느꼈다. 나도 모르게 이를 악물었다. 그게 얼마나 힘들고 외로운 것인지 알기에 마음이 쓰일 수밖에 없었다. 그녀가 보냈을 힘든 시간이 처절하게 공감되어 마음이 아팠다.

"그래도…… 이 친구가 여러모로 알아봐준 덕에 미국으로 떠나서 조금씩 안정을 찾을 수 있었어요. 하지만 제 개인정보가 너무 많이 공개돼버린 상황이어서 전화번호는 물론이고 이름까지 바꿔야 했어요. 지인들과 연락을 끊고 가족과 이 친구하고만 연락했어요. 제 삶, 제가 살아왔던 인생을 모두 지워야 했어요."

서연은 말을 마친 후 그때의 감정이 떠올라 마음이 착잡해진 듯 숟가락으로 떡국을 천천히 휘젓는 행동만 반복했다.

"설아……."

문 형사가 안타까운 눈길로 서연을 바라보며 말했다.

설? 서연이 이름을 바꾸기 전의 본명인 걸까.

서연은 과거의 이름으로 자신을 부르는 친구를 바라보며 씁쓸하게 말했다.

"그립다, 내 이름. 그 이름 참 좋아했는데."

서연은 미소를 지었지만 목소리는 감정을 제어하지 못해 떨리고 있었다.

"응, 네 이름 예뻤지……."

문 형사도 친구의 말에 동조하며 말끝을 흐렸다.

"그렇게 얘기하니까 궁금하네요. 예쁜 원래 이름…… 뭐였어요?"

서 프로가 다정하면서도 조심스럽게 물었다. 정말로 궁금해서라기보다는, 어쩌면 그립다는 그 이름을 불러주려고 물은 게 아닐까 하는 생각이 들었다. 서 프로는 그럴 만한 사람이었으니까.

문 형사가 조금 난감한 표정으로 친구를 바라봤다. 서연은 괜찮다는 듯 고개를 살짝 끄덕였다. 그러자 문 형사도 고개를 끄덕이곤 서 프로와 눈을 맞춘 채 입을 열었다.

"외자로 '설'이었어요. 태어나던 날, 눈이 엄청 많이 왔대요. 원래 성은 반씨라서, '반설'. 그게 서연이가 스물다섯까지 쓰던 이름이에요."

반……설? 그 이름을 듣는 순간, 갑자기 머릿속에서 찌릿 전기가 흐르는 것 같았다. 뭐지……. 왜? 익숙하진 않았지만 마주한 적이 있는 이름이 분명했다.

"정말 예쁜 이름이군요. 그런 일 때문에 이름까지 바꾸셔야 했다니, 참……. 뭐라고 위로를 드려야 할지 모르겠습니다."

한 실장이 슬픔과 분노가 뒤섞인 목소리로 서연을 위로했다. 하지만 나는 머릿속에서 자꾸만 맴도는 서연의 본명이 신경 쓰여 그들의 대화가 귀에 들어오지 않았다.

설, 반설……. 분명히 들어본 이름이야, 오래전인 거 같은데…….

"아니에요, 괜히 저 때문에 오늘 같은 날 즐겁게 보내시지도 못하게 된 것 같아서 죄송해요. 미국에선 많이 괜찮아졌는데 한국에 돌아오니까, 다시……."

"네 계정을 해킹했던 해커! 그런 일을 도운 그 나쁜 놈도 잡아넣었어야 했는데, 그놈 못 잡은 게 너무 화가 나. 정체는커녕, 돈이 오간 흔적조차 왜 찾을 수 없었던 건지!"

문 형사가 분노를 참지 못하고 주먹으로 테이블을 세게 내리쳤다.

그 순간 테이블의 충격음이 마치 내 기억의 버튼을 누른 것처럼 반설과 관련된 모든 데이터가 머릿속으로 쏟아졌다.

고3 가을이었다. 한창 프로그래밍에 빠져서 이것저것 시도해보던 시기였다. 보육원을 나가 독립해야 할 때가 다가온다는 것을 알고 있었기에 나는 즉각적이고 큰 돈벌이가 가능한 해킹 기술에 관심을 두고 있었다. 본격적으로 이 세계에 발을 들이기 전이었지만 그래도 알음알음 알게 된 해커들의 커뮤니티 게시판을 매일 들락거리며 첫 번째 일거리를 찾고 있었다.

그러다 어느 날, 해커 H가 자신이 받은 의뢰 쪽지를 캡처해서 게시판에 올리며 그 내용을 비웃는 말을 덧붙여놓은 걸 보게 됐다.

2년 가까이 사귀었던 여자에게 버림받았습니다...
제가 진심으로 사랑했고 모든 걸 바쳤던 사람입니다. 그런데 이해할 수 없는 핑계를 대며 하루아침에 헤어지자고 했습니다. 무릎까지 꿇고 매달려도 매정하게 나를 버렸습니다.
살아가기가 너무 힘듭니다... 죽고 싶을 정도입니다.
함께했던 추억이 담긴 사진만이라도 간직하고 싶은데 제 핸드폰에 있던 사진들은 사고로 모두 날아가버렸습니다. 그녀에게 사진만이라도 건네받고 싶은데 제 연락은 모두 차단해버렸습니다. SNS에서도 사진들을 모두 비공개로 처리해버려서 친구의 계정으로도 볼 수가 없습니다.

제가 그 사진들만이라도 저장할 수 있도록 좀 도와주십시오... 같은 남자로서 아름다운 사랑의 기억만이라도 간직하고 싶은 저를 좀 도와주세요,

제발 부탁드립니다...!

차인 찌질이의 외침 ㅋㅋㅋ 너랑 같은 남자 되기 싫다!

페이스북 계정 해킹 의뢰하면서 10만 원 준단다. 누굴 호구로 아나?

그냥 평생 슬퍼하세요~

다른 해커들은 글을 올린 H에게 동조하며 갖은 비웃음을 늘어놓는 댓글을 달았지만, 나는 남자의 마음이 충분히 이해됐다. 누군가에게 버림받은 슬픔과 아픔, 작은 기억만이라도 남기고 싶어 하는 간절함이 보였다. 누군가가 자신을 떠났다는 것에 대해 평생에 걸쳐 그 이유와 답을 찾고 있는 나 같은 고아에게, 그 글은 남다르게 다가올 수밖에 없었다.

그리고 10만 원. 고등학생이었고 국가의 지원금만으로 빠듯하게 살아가던 내게는 충분히 매력적인 대가.

캡처된 이미지에 보이는 이메일 주소로 연락을 했다. 의뢰자는 거의 포기하고 있었다며 감사 인사를 남발한 회신을 보내며 대뜸 나를 '형님'이라고 호칭했다. 해커가 남자라는 편견이 있는 것 같아서 더 오기가 생겼다. 반드시 성공해서 마지막 메일에 내가 여자라는 사실을 밝혀야겠다고 다짐했다.

그는 작업이 진행된다는 말에 흥분해서 비용을 먼저 입금하겠다고 했지만 나는 작업을 모두 끝낸 후 현금으로 지하철 사물함을 이용해 받겠다고 했다. 입금은 아무래도 계좌 거래 흔적이 남으니 혹시 모를 일에 대비해 피하고 싶었다.

거래를 확정한 이후, 여자의 계정을 해킹할 방법을 결정해야 했다. 페이스북을 직접 해킹하는 것은 무모한 시도였다. 그 시절의 내가 가진 실력으로는 가능하지도 않았다. 나는 좀 더 쉽고 간편한 방법으로 사용자가 서비스에 접속할 때 키보드를 읽어 비밀번호를 알아내는 쪽을 선택했다. 단순하지만 꽤 강력해서 북한 해커들도 곧잘 사용하는 방법이었다.

남자에게서 여자의 이름과 이메일 주소를 얻었다. 성씨도 특이했지만 이름도 외자여서 더 인상적이었다. 한번 들으면 잊지 못할 이름이었다. 그녀에게 유명 여성 의류 쇼핑몰의 할인 쿠폰을 동봉한 것으로 위장한 메일을 보냈다. 반나절 만에 그녀는 메일을 열었고 쿠폰에 걸린 링크를 클릭했다. 하지만 그게 작동할 리 없었다. 여자는 바로 메일을 지웠다. 하지만 내가 메일에 심어 놓았던 악성코드는 이미 활성화된 후였고 이후에 그녀가 드나드는 사이트들의 비밀번호를 읽어서 나에게 전송했다. 그런데 아쉽게도 그 사이트 중 페이스북은 없었다. 얼마간 기다려봤지만 여전히 여자는 접속할 생각이 없어 보였다. 나는 수집된 다른 사이트들의 비밀번호를 리스트로 만들어 확인했다. 즉각 공통된 패턴이 보였다. 그 비밀번호로 페이스북 로그인을 시도하자 화면이 넘어가면서 여자의 타임라인 페이지가 나타났다.

프로젝트를 완료시키고 의뢰인에게 결과물을 전달했다. 그렇게 벌어들인 첫 번째 수입으로 첫 서클렌즈를 샀다. 내 힘으로 세상에 나오게 됐다.

아닐 거다. 그럴 리가 없다…….

설마 내가 건너편에 앉아 있는 저 여자의 인생을 망쳤을 리 없다. 10년 전이다. 그러니 이름을 잘못 기억하고 있을 수도 있다. 비슷하게 특이한 이름의 다른 사람일 수 있었다.

심장박동이 크게 요동치면서 복잡한 머리를 더욱 어지럽혔다. 나는 그저 버림받아서 슬퍼하던 한 남자를 돕고 싶었을 뿐이다. 그가 간직하고 싶다던 사진을 갖게 도왔을 뿐이다. 내가 도왔던 남자는 문 형사가 말한 그 남자가 아닐 것이다. 서연을 괴롭히던 그 남자가 아닐 것이다. 내가 해킹한 계정의 주인은 설이 아닐 것이다!

그렇게 계속 되뇌며 내 믿음을 확인해야 했다. 떨리는 손으로 휴대폰을 꺼내 클라우드 서버에 접속했다. 첫 번째 프로젝트의 데이터세트를 열었다. 그곳에 있을 다른 이름을 기대했다. 믿었다. 건너편에 앉아 있는 겁에 질려 파리한 낯빛의 여성이 아닌, 다른 이의 이름이 있어야 했다.

다급히 휴대폰을 조작하던 손가락이 데이터를 풀어낸 순간, 내 정신과 몸이 함께 굳어버렸다. 눈앞이 뿌옇게 흐려졌다. 제어할 수 없는 눈물이 순식간에 차오르면서 입술이 파르르 떨렸다.

설은 자신이 사랑하던 이름을 버리고 서연이란 이름으로 10년을 살아야 했다. 자신이 원래 가지고 있던 본래의 정체성과 인생을 완전히 단절시키고 원하지 않는 새로운 삶을 살아야 했다.

그리고 그 모든 것은, 내가 했던 일 때문이었다. 내가 한 일이었다.

어지럽고 멍하고 화가 나고 답답했다. 급기야 소리라도 지르고 싶은 상태가 됐다. 나는 그녀의 인생을 망칠 의도가 없었다. 정말 그런 식으로 상황이 진행될 줄은 꿈에도 몰랐다.

내 잘못이 아니다. 데이터를 약속한 것과 다르게 사용한 그 남자의 잘못이다!

"아가씨, 왜 그래?"

서 프로가 다가와 걱정스럽게 물었다. 나는 온몸을 바르르 떨면서 휴대폰 화면에 시선을 고정하고 있었다. 그녀의 다정한 말투에 내 두 눈은 속절없이 눈물을 쏟아내고 말았다. 굵은 물줄기가 볼을 파며 흘러내리더니 심장에 그대로 칼처럼 떨어졌다.

"어머! 진짜 무슨 일 있어? 왜……?"

"저, 가, 가볼게요. 계산……."

서 프로가 깜짝 놀라 물었지만, 난 그녀의 말을 끊으며 자리에서 벌떡 일어났다. 가죽 장갑으로 눈물을 대충 훔친 후 곧바로 짐을 챙겼다. 이곳에 있는 사람들의 얼굴을 더 이상 볼 자신이 없었다. 그들과 비슷한 사람인 것처럼 함께 앉아 있을 수가 없었다.

"아가씨, 오늘은 식사도 거의 못 했……."

"계산! 그냥 빨리 계산해주시라고요!"

오만 원짜리 지폐를 내밀며 다급하게 소리를 질렀다. 서 프로의 멈칫하는 태도와 앉아 있는 세 사람의 시선이 내게로 향하는 게 느껴졌지만 어쩔 수 없었다. 지금 당장 이곳을 나가야 했으니까. 서연, 아니 설, 그녀가 아무것도 모르는 순수한 까만 눈동자로 나를 바라보는 것을 견딜 수 없었으니까.

"아, 미안한데 오늘은 잔돈이 없어서. 담에 주거나 카드……."

오늘따라 서 프로는 왜 이러는 건지! 짜증이 치밀어 올랐다. 정신없이 지갑을 뒤져 아무 카드나 꺼내 내밀었다. 서 프로는 초조해하는 내 모습에 서둘러 카드기로 다가갔다. 하지만 나는 그녀가 계산을 마칠 때까지 기다리지 못하고 가게 문을 열고 밖으로 뛰쳐나갔다.

"어? 아가씨, 아가씨!"

서 프로의 목소리가 등 뒤에서 들렸지만 곧장 그대로 골목길을 달리기 시작했다.

이런 상황을 만든 내가 너무 싫었다. 과거의 선택이 너무도 원망스러웠다. 왜 그랬을까. 조금만 더 자세히 상황을 확인했다면, 살펴봤다면, 어쩌면 그 남자의 진심을 알아챌 수 있지 않았을까? 설이 처했던 위험을 미리 눈치챌 수 있지 않았을까?

클라우드 서버에는 그 사람과 주고받은 메일의 내용까지 암호화해서 저장해두었다. 아까 확인했을 때의 화면이 정신없이 달리는 내 머릿속에서 이미지로 떠올랐다.

/사실 전 여성 해커입니다. 앞으론 좀 더 깨어 있는 생각 하시길 바랍니다./

/아, 네./

비밀번호를 넘기며 허세처럼 덧붙였던 말에 그는 굳이 저 한 줄을 쓴 답 메일을 보내왔다. 그땐 아무 생각 없이 지나쳤지만 지금은 저 답신이 뭔가를 내포한 것처럼 보였다. 단순히 지금의 죄책감 때문인 걸까.

눈물 때문에 여전히 눈앞이 흐렸다. 렌즈 아래로 눈물이 차면서 시야는 더 뿌옇게 변했다. 그 바람에 얼어버린 길바닥을 미처 확인하지 못해 미끄러져 그대로 바닥으로 몸이 굴렀다. 엉덩이와 머리에 느껴지는 통증에 정신이 몽롱했다. 쓰러져 있던 바닥에서 천천히 몸을 일으키려는데 갑자기 오토바이의 전조등 불빛이 강하게 나를 쏘았다. 미처 피할 생각도 하지 못한 채 그저 손만 들어 올려 눈을 뜨지 못하게 하는 빛을 가리려 했다.

"위험해!"

서 프로의 내지르는 목소리와 함께, 누군가 내 몸을 껴안는 것처럼 덮쳤다. 순간 시야는 온통 어두워졌고 커다란 오토바이의 경적과 미끄러지는 굉음이 연달아 들렸다.

"서 프로님! 검사님!"

놀라 소리치는 한 실장의 목소리가 한 겹 멀리서 들렸다. 나는 내 몸을 덮고 있는 누군가에게서 벗어나려 몸을 꿈틀거렸다.

"아가씨, 괜찮아?"

서 프로의 목소리였다. 나를 안고 바닥에 함께 누운 그녀가 걱정스러운 표정으로 물었다. 어떻게 된 건지 알 수 없어 머리가 멍했다. 그 상태로 잠시 그녀를 바라보다가 퍼뜩 정신을 차리고 허리를 세워 앉았다.

한 실장이 어느새 서 프로 옆에 와 있었다.

"서 프로님, 괜찮으십니까? 큰일 나시는 줄 알았습니다!"

한 실장은 고개를 돌려 길 끝자락에 나뒹군 오토바이와 그 옆에 망연자실한 표정으로 앉아 있는 운전자를 확인했다. 다치진 않은 것 같았다. 한 실장은 다시 서 프로에게로 시선을 돌리며 질책하듯 말했다.

"아니, 나이도 있으신 분이 어떻게 그렇게 빠르십니까!"

"나도 깜짝 놀랐어. 내가 이렇게 빠를 줄 몰랐네, 하하하하!"

"이 와중에도 어떻게 농담이십니까, 정말."

웃음으로 넘기는 서 프로를 보며 한 실장이 자포자기한 말투로 중얼거렸다.

나는 길바닥에 앉은 채 조금 전 상황이 어떻게 된 건지 이해해 보려고 했다. 골목길을 달려 나오다 모퉁이에서 미끄러져 넘어졌고, 그때 하필 옆길에서 오토바이가 달려왔다. 그런데…… 뒤쫓아오던 서 프로가 오토바이에 치일 뻔한 나를 구하기 위해 내 앞으로 달려들어 나를 감쌌다고? 아무 관계도 아닌 나를 위해 자신의 목숨을 걸었다고?

머릿속에서 재구성한 상황을 도저히 믿을 수 없어 눈만 껌뻑거렸다.

"아가씨, 도대체 무슨 일인데 그래?"

"말씀해보세요, 저희가 도와드리겠습니다."

내가 어떤 일을 저질렀는지 알 리 없는 두 사람은 여전히 걱정이 가득한 표정과 말로 나를 챙겼다.

나 같은 걸 돕겠다고, 구하겠다고, 목숨까지 걸며…… 내가 무슨 짓을 했는지는 전혀 상상도 하지 못한 채.

다시 참을 수 없는 눈물이 차올랐다.

"죄송합니다."

그 말밖에 할 수 없었다. 고개를 숙인 채 재빨리 자리에서 일어났다. 지금은 뭘 어떻게 해야 할지 판단이 서지 않았다. 그래서 어쩔 수 없었다. 비겁하지만 그 자리를 피하는 게, 내가 저지른 일에서 도망치는 게 최선의 선택이었다.

오늘도 역시, 어디선가 나를 기다리는 행운 따위는 없었다.

그대로 몸을 돌려 뛰기 시작했다. 어디로 뛰는지 방향도 알지 못한 채 그저 심심포차에서 멀어지기 위해, 내가 속하고 싶었던 그곳에서 멀어지기 위해 무작정 달리고 또 달렸다.

괴물이다, 괴물을 잡자. 우다다다.

아이들이 맞았다. 나는 괴물이었다. 괴물이 되어 있었다.

## 다섯 번째 날.
## 가로등 CCTV의 진실

제정신이 아니었다. 지나가던 아주머니 한 분이 걱정스러운 눈빛으로 말을 걸어왔을 때, 그제야 정신을 차리고 주위를 둘러봤다. 모든 사람이 출근을 위해 바쁘게 움직이는 길 한복판에 내가 멀뚱히 서 있었다. 밤새 그렇게 정신이 나간 채로 어딘가를 헤매고 다닌 거였다. 아무것도 기억나지 않았다. 택시를 잡아타고 집으로 돌아왔다.

욕실에 들어가 거울을 마주했다. 내 얼굴은 한마디로 엉망이었다. 정신이 나간 상태에서도 끊임없이 눈물을 쏟아냈던 모양이다. 눈은 퉁퉁 붓고 볼은 차가운 바람에 눈물이 얼었다 말라서 벌겋게 터 있었다. 세수하는데 볼이 찢어질 듯 따가웠다. 하지만 그런 건 오히려 아무렇지 않았다. 심장이 죄책감의 칼날로 갈기갈기 찢겨 형용할 수 없는 고통을 발산하고 있었으니까.

숨이 잘 쉬어지지 않아서 그대로 욕실에 주저앉았다. 방금 얼굴을 닦아냈건만 다시 눈물이 볼을 타고 흘러내렸다. 따갑고 쓰라렸다. 그것으로 내가 설에게 저지른 잘못이 사라진다면 얼마든지 감내할 수 있었다. 그렇지만 그럴 수 없어서 더욱 참담했다.

그 상태로 침대에 들어가 누웠다. 그 뒤 한참을 나오지 못했다. 내가 저지른 일의 무게가 계속 나를 덮쳐왔다. 잠을 자는 듯 아닌 듯 몽롱한 상태의 시간이 계속됐다. 누워 있는 시간이 길어질수록 몸에서 힘이 빠져나가는 것 같았다. 그대로 침대 속으로 빨려 들어가서 바닥으로 사라져버릴 것 같았다. 차라리 그렇게 모든 게 끝이 나면 그걸로 괜찮을 것도 같았다.

"엄마……."

얼굴도 기억나지 않는 존재를 부르는 단어가 나도 모르게 입 밖으로 흘러나왔다. 한 번도 불러보지 못한 이름의 주인. 그 사람이 내 곁을 지켜줬다면 잘못을 저지르지 않고 살 수 있었을까. 눈물이 다시 베갯잇을 적셨다.

'괜찮아?'

갑자기 환청처럼 서 프로의 목소리가 들렸다. 오토바이에 치일 뻔한 나를 구하고 걱정스러운 눈빛으로 바라보던 얼굴이 떠올랐다. 나는 더 이상 참을 수 없었다. 베개에 얼굴을 파묻고 소리 내어 흐느끼기 시작했다.

그렇게 이틀을 넘기고서야 침대에서 일어났지만 몸이 무거워

움직이기가 쉽지 않았다. 다리에도 힘이 잘 들어가지 않았다. 생각해보니 그동안 물 한 모금도 마시지 않은 상태였다.

내가 뭘 해야 할까. 속죄할 방법이 뭐가 있을까. 갑자기 다시 눈물이 솟으려 해서 급히 고개를 흔들었다. 지금의 눈물은 나에 대한 어설픈 연민이며 부릴 자격이 없는 사치였다.

한참을 그렇게 앉아서 복잡했던 마음을 정리했다. 프로젝트 마감일 따위는 신경 쓰지 않기로 했다. 그건 단순히 내 삶의 미련을 애써 포장해 스스로를 속이기 위한 것이었으니까. 대신 새로운 결심을 했다. 전에 지연시켰던 계획을 지금 당장 실행하는 것이다. 벗어버리고 싶었던 짐도 내려놓으면서 속죄도 할 수 있을 테니까.

그렇게 마음을 정하니 신기하게도 무거웠던 몸이 가벼워졌다. 침대에서 나와 욕실로 향했다. 그리고 생을 마감하기 위한 마지막 외출 준비를 시작했다.

"어? 아가씨! 아가씨 맞지?"

며칠 새 익숙해진 목소리가 나를 불러 세웠다. 설마. 믿을 수 없는 이 상황이 꿈인가 싶었지만 발걸음이 자연스레 멈췄다.

"그날 그렇게 가버려서 걱정했는데, 괜찮아?"

뒤에서 서 프로의 목소리가 다시 들렸다. 천천히 몸을 돌려 그녀의 존재를 눈으로 직접 확인했다. 서 프로가 내 키만큼 떨어진 거리에서 반갑게 나를 바라보고 있었다.

집에서 가장 가까운 대교에서 뛰어내리려고 했다. 그게 가장 깔끔하고 쉬운 방법이라고 생각했다. 약을 구하는 건 번거로웠고 칼을 사용하는 것도 자신이 없었다. 중간에 머뭇거리기라도 하면 감당하지 못할 것 같았다. 반면에 높은 곳에서 뛰어내리는 건 난간에 올라서기만 하면 다음은 중력이 도와줄 테니까. 차가운 물에 닿는 충격만 잠시 견디면, 의식을 잃고 숨을 잃고 마침내 생을 잃는 목적을 달성할 수 있을 테니까.

집을 나설 때 트레이닝복에 모자를 눌러쓰고 운동화를 신었다. 목적지까지는 십오 분 정도. 추울 것 같았지만 물에 빠져 죽으러 가는 마당에 패딩까지 걸치는 건 어울리지 않는다고 생각했다. 렌즈도 끼지 않고 선글라스를 썼다. 부검의에게 괜스럽게 혼란을 주고 싶지 않았다. 내가 세상에 왔던 모습 그대로 돌아가는 게 맞는다고 여겼다.

그렇게 집을 나와 걷기 시작해서 오 분밖에 지나지 않았던 때, 서 프로의 목소리가 들린 것이다. 선글라스가 눈을 가리고 있었지만 그래도 들킬까 두려워 한 발짝 뒤로 물러섰다. 평소와 옷차림도 다르고 모자에 선글라스로 얼굴을 가렸건만, 서 프로는 어떻게 나를 알아본 걸까. 게다가, 왜 우리 동네에 있는 거지?

"춥지 않아? 오늘은 그래도 덜 추운 편이지만 겨울에 트레이닝복만 입다니……. 하긴, 아가씨는 젊으니까! 하하하하!"

그녀는 가게 밖에서도 여전히 밝은 기운이 넘쳤다. 나와는 너무나도 다른 색이 뿜어져 나왔다. 당황스럽기도 하고 착잡한 마음에 아무런 대꾸도 하지 못한 채 가만히 서 있었다.

서 프로는 웃음을 멈추고 조금 차분해진 말투로 이야기했다.

"그래도 우리 인연은 인연인가 봐. 식재료 사러 왔다가 이렇게 우연히 길에서 다 만나네."

"아, 네……."

그러고 보니 이쪽에 유명한 식재료 마트가 있다고 인터넷에서 본 적이 있었다. 나야 집에서 요리를 하지 않으니 그냥 넘겼는데, 서 프로는 아마 그곳을 자주 이용한 모양이었다.

"근데 아가씨, 얼굴이 너무 안 좋아 보여. 며칠 안 보이더니 그동안 혹시 아팠던 거야? 혹시 그날 일 때문에?"

서 프로가 걱정스럽게 안색을 살피며 가까이 다가와 물었다. 나는 깜짝 놀라 뒤로 물러서려 했지만 뒤에 있던 차량 진입 금지 기둥에 다리가 걸려 옴짝달싹 못 했다.

서 프로는 당황한 나를 아랑곳하지 않으며 말을 이었다.

"아유, 안색이 파리하네! 안 되겠다, 오늘 꼭 들러! 내가 특식 만들어줄게!"

"아, 저……."

"가는 길에 재료 따로 사 갈 거니까 꼭 와야 돼, 알았지? 약속하는 거다?"

내가 뭐라 더 말하기도 전에 서 프로는 몸을 돌려 씩씩하게 발걸음을 내디뎠다.

마음의 정리를 끝냈다고 생각했지만 즉시 고민에 빠졌다. 서 프로가 걱정하는 마음이 신경 쓰이고, 나를 위해 뭔가를 하려는 상황과 마주하니 마음이 다시 흔들렸다. 자리에 그대로 선 채 마음의 갈피를 잡지 못하고 고개만 숙이고 있었다.

그런데 몇 발짝 걸음을 떼지 않았던 서 프로가 갑자기 뒤돌아 물었다.

"참, 근데 아가씨 이름이 뭐야? 그래도 나름 자주 보는데, '아가씨, 아가씨' 부르는 게 영 신경이 쓰여서. 혹시 '누구 씨'라고 부르면 실례가 되려나?"

"아, 아니에요! 저는 류……찬휘예요."

조금 당황했지만 예의를 갖춰 대답했다. 서 프로는 곧바로 눈을 동그랗게 뜨며 흥미롭다는 듯 되물었다.

"찬휘? 가수 '소찬휘'의 그 찬휘?"

나보다 연장자에게 이 이름을 말할 때면 언제나 이런 반응이었다. 어린 친구들에게는 오히려 '희'인지 '휘'인지 확인해줘야 했는데, 그럴 땐 들은 사람이 처음 인식한 이름을 그냥 맞다고 말했다. 찬휘든 찬희든 상관없었다. 어차피 그건 내 진짜 이름이 아니었으니까.

내 본명은 '류용찬'. 보육원 원장님의 성과 사모님의 이름에서 한 글자를 따고 임의로 한 글자를 더해 만들어진 이름이다. 조금 특이하고 상당히 남성적인 이름이라, 상대에게 내 이름을 정확하게 전달하려면 여러 번 되풀이해 말해야 했다. 어릴 땐 그걸 감수하고서라도 본명을 이야기했지만 나이가 들면서는 굳이 그럴 필요가 없다는 걸 깨달았다. 오히려 가명이 훨씬 안전하고 수월했다.

나는 고개를 끄덕이는 것으로 답을 대신했다.

"류……찬휘……."

서 프로는 조용히 되뇌듯 중얼거리다 이내 나와 시선을 맞추며 말했다.

"이름 예쁘네."

나는 말없이 고개를 숙였다가, 다시 더 깊이 숙이며 목소리를 높였다. 아직은 어떻게 될지 모를 상황이었지만 진심만은 전해두고 싶었다.

"저번엔 감사하고…… 죄송했어요!"

"저번? 아, 엊그제? 아, 아니야! 내가 오지랖 넓게 괜히 참견했나 싶어 미안했어요. 그날 아가, 아니, 찬휘 씨가 너무 위험해 보여서."

서 프로는 양손을 흔들며 다급히 말하곤, 고개를 살짝 기울여 내 얼굴을 바라보며 쾌활하게 물었다.

"그럼 이제는 괜찮은 거지, 찬휘 씨?"

고개를 들어 서 프로를 마주 봤다. 대답은 할 수 없었다.

가만히 서 있는 나를 보고 서 프로가 싱긋 웃으며 말했다.

"영양 보충할 수 있는 특식 만들어놓을 테니까, 저녁에 꼭 와! 이따 봐!"

그 말을 끝으로 이번엔 정말로 자리를 떠났다. 멀어져가는 서 프로의 뒷모습을 보며 나는 여전히 갈팡질팡 헤매는 마음을 온몸으로 느꼈다.

차가운 바람이 훅 불었다. 나올 땐 인식하지 못했던 추위가 트레이닝복을 뚫고 들어왔다.

결국 다리로 가지 못하고 집으로 돌아왔다. 뉴스에 나올 내 자살 소식을 서 프로가 보게 하긴 싫었다. 그녀라면, 내게 마음을 써주던 서 프로라면, 그 뉴스를 보고 오늘 우연히 만난 나를 붙잡지 않았던 자신을 탓할 것 같았다.

서 프로는 자신의 문제만으로도 힘들 것이다. 폐업을 앞둔 가게, 그곳에서 만나던 사람들과의 헤어짐 그리고 여전히 진행 중인 건강 문제……. 내게 거의 유일하다 싶게 행복했던 기억을 선물해준 사람에게 마음의 짐을 더할 순 없었다.

그런 생각으로 자정을 넘겨서까지 고민하다 계획을 조금 수정했다. 심심포차가 폐업하고 서 프로와의 인연이 마무리되면, 그때 생을 마감하기로. 그러면 서 프로에게도 짐이 되지 않고 더 이상 거리낄 게 없을, 내 마음도 편안할 선택이었다.

그렇게 결심했어도, 오늘 심심포차에 가는 건 아무래도 내키지 않았다. 지난번에 그곳에서 겪었던 감정의 동요가 다시 나타나 나를 잠식할까 두려웠다. 나로 인해 삶을 빼앗긴 한 사람의 슬픔과 아픔이 나를 기다리고 있을 것만 같았다.

'영양 보충할 수 있는 특식 만들어놓을 테니까, 저녁에 꼭 와!'

하지만 다시 서 프로의 말이 떠올랐다. 일부러 재료를 사서 준비하겠다고 했는데……. 서 프로가 나를 위해 만들 음식이 주인 없이 식어가게, 버려지게 하는 게 마음에 걸렸다. 그렇게 고민을 거듭하다, 결국 새벽 두시가 넘은 시간에 집을 나왔다. 택시를 잡아타고 심심포차가 있는 여의도로 넘어갔다. 큰길에서 택시를 내려 골목길로 걸어가는데 발걸음이 점점 더 무거워졌다. 심심포차가 가까워질수록 마음이 더욱 심란해졌다.

하지만 나는 어느새 가게 문 앞에 서 있었다. 머뭇거리다가 결국 문손잡이를 잡았는데, 서 프로가 흥분한 듯 외치는 소리가 안에서 들렸다.

"아니, 아이가 아빠한테 손인사 하는 장면이 가로등 CCTV에 찍혔잖아. 그럼 그건 도대체 어떻게 된 거냔 말이지!"

그 말이 끝나는 것과 동시에 문을 열고 조심스레 가게로 들어섰다. 문가에 앉아 있는 두 사람의 눈길이 내게로 향했다. 그들 중 서 프로도 있었다. 그녀의 목소리가 밖에서도 잘 들렸던 것은 그녀가 항상 자리를 지키던 바 테이블 안쪽이 아니라 바깥쪽에 앉았기 때문이었다.

"아, 찬휘 씨, 드디어 왔구나! 늦었네. 안 오는 줄 알고 섭섭해하고 있었지!"

서 프로는 나를 보자마자 반갑게 인사하며 벌떡 일어나 다가왔다. 나는 어색하게 미소를 띄우고 그녀 옆에 앉아 있는 남자를 봤다. 어딘가 낯익은 얼굴이었다. 그 또한 내가 구면인 듯 고개를 숙여 인사를 건넸다. 그제야 그가 사복을 입은 조 순경이라는 것을 알아봤다. 유니폼을 입는 사람들은 옷만 바뀌어도 상당히 달라 보여서 빨리 알아보지 못했다. 그러고 보니 지난번에 급하게 처리해야 했던 일은 잘 해결했을까?

서 프로가 내 옷자락을 끌어당겨 지정석인 오른편으로 데리고 갔다.

"어서 와서 앉아!"

자리에는 이미 뚜껑이 덮인 커다란 그릇이 하나 놓여 있었다.

서 프로가 뚜껑을 열며 자랑스럽게 말했다.

"짠, 내가 찬휘 씨 주려고 보양식 만들어놓을 거라 그랬지?"

노란색과 연두색의 중간 어디쯤일 것 같은 빛깔의 죽이 눈에 들어왔다. 곳곳에 하얀 살점이 잔뜩 보이는 전복죽이었다. 내가 너무 늦게 오는 바람에 식어버렸지만, 죽 위에 향긋하게 두른 참기름 냄새는 여전히 고소하게 퍼져 나왔다.

다행이다, 오길 정말 잘했어……. 나를 위해 정성껏 만든 음식을 놓치지 않은 선택을 했다는 것이 뿌듯했다.

"고맙습니다."

울컥하는 바람에 목소리가 살짝 떨렸다. 재빨리 마음을 추스르며 자리에 앉았다. 서 프로는 그런 나를 보며 만족스럽게 미소를 지었다. 그런데 그녀가 이곳에 나와 있으니 조용해야 당연할 주방에서 소란한 소리가 들렸다. 힐끗 주방 안쪽으로 시선을 보내자, 서 프로가 설명했다.

"박 순경이야. 지난번에 조 순경이랑 같이 온 사투리 쓰던 친구 기억나지? 꼭 만들어보고 싶은 메뉴가 있는데, 집에선 어머니가 부엌 출입을 못 하게 하신다고 여기서라도 꼭 해보고 싶다나. 나도 남이 해주는 음식 좀 먹어보려고 허락해줬어. 오늘은 찬휘 씨도 메뉴 선택권 없이 저거 먹어야 해. 괜찮지?"

서 프로가 내게 다짐이라도 받듯 이야기하곤 특유의 카랑카랑한 웃음소리를 더했다. 그때 가게 문이 열리며 누군가가 들어왔다. 나는 그 사람을 확인하곤 놀라서 급히 고개를 돌렸다. 문 형사가 익숙한 몸짓으로 화장실 키를 입구 옆에 걸어두고 조 순경을 지나 건너편 자리로 향했다.

어떡하지? 그날처럼 또 가게를 뛰쳐나갈 수는 없었다. 나도 모르게 입술을 깨물며 자책했다. 이곳에 오기로 결정했을 땐 문 형사가 나타날 가능성도 염두에 두었어야 했다.

"어, 저번에 그분? 괜찮으셨어요? 그날 오토바이에 치일 뻔하셨다면서요."

문 형사가 나를 알아보고 걱정스러운 말투로 물었다. 차마 그녀를 쳐다보지 못한 채 고개만 끄덕였다.

문 형사는 내가 왜 이렇게 행동하는지 상상도 못 할 테지. 죄스러운 마음에 답답함이 밀려들었다. 그녀가 아끼는 친구의 10년을 불안으로 물들였던 게 바로 나라고, 지금 당장 그녀 앞에 엎드려 고백하고 싶었다. 그때 서 프로가 내 곁을 떠나 빠르게 문 형사에게 다가가며 말했다.

"아, 문 형사한테 물어봐야겠다! 조 순경은 설명이 장황해서 답답했어!"

"뭐가 또 그리 궁금해서 그러세요?"

문 형사는 자신에게 다가오는 서 프로에게 장난스럽게 물었다. 서 프로는 얼뜬 표정의 조 순경을 지나쳐 문 형사의 옆자리로 넘어가더니, 자리에 채 앉기도 전에 서둘러 말을 시작했다.

"왜 그, 자기가 경기도 근무할 때 수사했던 사건 중에서……."

나는 전복죽을 조금씩 떠먹으며 서 프로가 문 형사와 나누는 이야기에 귀를 기울였다. 하지만 두 사람이 마주 보는 상태로 낮게 이야기를 나누는 바람에 대화 내용은 거의 들리지 않았다.

그런데 조 순경이 슬그머니 자리에서 일어나더니 내가 있는 쪽으로 다가왔다. 예상치 못한 움직임에 놀라서 움찔해 바라보자, 조 순경은 거리를 두고 멈춰 서더니 차분하게 말했다.

"두 분 말씀, 궁금하신 거죠? 휴대폰으로 검색하실 수 있게 알려드리겠습니다."

말과 함께 자신의 휴대폰 화면을 보여줬다. 〈내가 다 알려주마〉라는 범죄 미스터리를 다루는 유튜브 채널의 동영상이었다. 섬네일에 "아빠와의 마지막 인사(1)"이라는 타이틀이 보였다. 나는 가방에서 재빨리 휴대폰을 꺼내 유튜브에서 해당 영상을 검색해 찾아냈다.

"서 프로님이 그걸 보시곤 궁금해서 저러시는 겁니다. 해당 영상에서는 사건에 대한 개요만 설명하고, 다음 주에 업데이트될

영상에서 수사 결과와 범인에 대해서 밝힌다는 예고로 끝내버렸거든요."

조 순경이 설명을 마치며 가볍게 미소 지었다.

나는 조그맣게 고맙다는 말을 건넨 후 휴대폰 화면에서 그 영상을 클릭하려고 했다. 그런데 몸을 돌리던 조 순경이 갑자기 휘청이더니 의자에 올려둔 내 가방에 손이 걸리고 말았다. 좀 전에 휴대폰을 꺼내면서 열어뒀던 탓에 가방이 바닥에 떨어지면서 속에 있던 물건이 모조리 쏟아졌다. 엉덩방아를 찧고 쓰러진 조 순경 주변으로 요란한 소리를 내며 산산이 흩어졌다. 화장품, 수저통, 텀블러, 지갑 등 지극히 개인적이고 내 흔적이 고스란히 담긴 소지품이었다. 그중엔 작업이 원활하지 않을 때마다 피우는 담배도 있었다. 그리고……!

나는 순식간에 얼굴이 새빨개진 채 바닥에 무릎을 꿇고 황급히 떨어진 물건들을 챙겼다.

"앗, 죄송합니다!"

멍하게 앉아 있던 조 순경이 퍼뜩 사과하고는 함께 줍기 시작했다.

그의 실수는 신경 쓰이지 않았다. 그저 내가 감추고 싶었던 물건이 남들에게 보이는 게 싫어 최대한 빠르게 몸을 움직였다.

"아유, 조 순경, 조심 좀 하지!"

서 프로가 자리에서 일어나 다가오다가 발에 챈 물건을 집어 들었다. 나는 그녀가 집어 든 것을 확인하곤 놀라서 바로 달려갔다. 타인에게 가장 보이고 싶지 않은 물건이 하필 서 프로 손에 들어가다니! 눈치 빠른 그녀가 물으면 뭐라고 대답해야 할지, 머릿속에서 온갖 변명을 위한 데이터가 회오리처럼 돌았다.

서 프로는 손에 든 상자를 살펴보더니 의외라는 투로 나를 보며 말했다.

"아……. 찬휘 씨, 렌즈 껴? 서클렌즈?"

무의식적으로 내 눈동자에 시선을 맞추며 확인하려고 했다. 나는 재빨리 고개를 돌리며 동시에 그녀의 손에서 렌즈 상자를 낚아챘다.

"요, 요즘엔 많이들 끼잖아요, 미용 목적으로요!"

그대로 몸을 돌려 빠른 걸음으로 자리로 향했다. 고개를 숙인 채 자리에 앉아 눈을 감췄다.

서 프로는 내 행동에 놀란 듯 잠시 가만히 서 있었다. 그러나 곧 말없이 문 형사 옆자리로 돌아가 앉았다. 그녀의 눈이 다시 나를 향한 것 같았지만 나는 애써 아래로 시선을 고정한 채 가빠진 호흡을 가다듬었다.

솔직하게 말할 걸 그랬나. 눈앞에 놓인 전복죽이 나를 질책하는 것 같았다. 서 프로가 내게 보여준 성의와 그간의 일들이 차례로 떠올랐다. 누구보다 인간적인 다정함과 희생을 보여준 사람을 거짓으로 대했다는 죄책감이 올가미처럼 내 목을 죄어왔다.

하지만 솔직하게 이야기한다는 건, 내게는 정말 어려운 일이었다. 오랜 세월 나를 괴롭혀온 결핍이자 장애를 만난 지 고작 일주일 남짓한 타인에게 공유한다고? 살면서 단 한 번도 고려하지 않은 선택이었다.

실명의 위험을 감수하면서까지 억척같이 이 눈을 가린 채 살아왔다. 이것만 아니었다면 다른 아이들에게 놀림받거나 괴롭힘 당하거나 해괴한 짐승을 보는 것 같은 사람들의 시선도 받을 일이 없었을 것이다. 그리고 어쩌면 내 부모도…… 나를 버리지 않았을지 모른다.

"죄송합니다, 저 때문에……."

조 순경이 주워 온 물건들을 테이블 위에 가지런히 놓으며 고개 숙여 정식으로 사과했다. 나는 억지로 미소를 지으며 괜찮다고 말했다. 그 순간, 주방에서 박 순경이 커다란 대접에 양념치킨 같은 것을 잔뜩 담아서 가지고 나왔다.

"오메, 오셨어라? 오랜만……은 사실 아니지라. 허허."

박 순경은 보자마자 너스레를 떨며 인사를 건넸다. 복스러운 얼굴과 풍채에 앞치마까지 두르니 영락없이 주방장 포스가 풍겼다.

"맛은 봤어? 성공한 거 같아?"

서 프로가 테이블 안쪽으로 급히 돌아 들어가며 흥분한 목소리로 박 순경에게 물었다. 한눈에 보기엔 일반적인 양념치킨과 크게 달라 보이지 않았지만 풍겨오는 소스 냄새가 조금 특이했다. 좀 더 달짝지근하고 어딘지 모르게 익숙한 향이었다.

"그라제요, 나가 누구여? 나헌티 시민을 위해 봉사허고 싶은

맘만 없었음, 못 혀도 서울서 두 번째는 맛난 치킨집 사장이 됐을 거랑께요?"

"그래도 양심은 있네, 두 번째라니."

자신감에 찬 박 순경 말에 문 형사가 혼잣말처럼 덧붙였다. 말투만 혼잣말이었지 박 순경에게 하는 말이나 마찬가지였다.

"오메, 우리 문 형사님이 아적 나가 만든 음식을 한 번도 안 묵어봐서 그런당께라. 아따, 빨랑 한번 드셔보숑. 아마 깜짝……."

"무슨! 먹을 수 있는 음식인지 먼저 확인을 해야지!"

흥분한 목소리로 접시를 찾아 두리번거리던 박 순경을 서 프로가 곧장 저지했다. 그녀는 어느새 두 손에 젓가락과 접시를 들고 있었다. 재빨리 작은 치킨 조각 하나를 젓가락으로 집더니 조심스레 입에 넣고 심각한 표정으로 맛을 음미했다. 조금 전까지만 해도 자신감 넘치던 박 순경은 막상 서 프로가 맛을 보며 아무런 말이 없자 한껏 긴장한 표정으로 눈치를 살폈다.

그들의 분위기는 너무도 따뜻하고 화기애애해서, 같은 공간이었지만 나와는 다른 세계에 있는 것 같았다. 식어버린 전복죽이 입 안에서 더욱 차갑게 느껴졌다.

"어우."

서 프로가 마침내 묘한 신음을 냈다. 조 순경이 깜짝 놀라 자리에서 일어나 물었다.

"왜 그러십니까? 그 정도로 이상한 맛입니까?"

서 프로가 생각에 잠긴 표정으로 천천히 고개를 가로저었다.

그게 맛이 이상하지 않다는 건지 이 맛은 아니라는 의미인지 알 수 없었지만, 후자로 해석한 조 순경이 곧바로 선배를 타박하기 시작했다.

"아, 진짜! 박 순경님은 왜 영화 속 메뉴를 굳이 만들어보겠다고 그러셔서! 영화는 영화일 뿐, 그게 진짜 맛있으리란 보장이 없다고 말씀드렸잖습니까. 치킨에 갈비 양념이 웬 말입니까. 아까운 프라이드치킨만 날려버렸잖습니까! 그, 그 두 마리, 그거 모두 양념 범벅 해버리신 겁니까? 예?"

"어? 어……."

급 주눅이 든 박 순경의 목소리가 불쌍하리만치 잦아들었다.

"그냥 치킨 다시 시키자, 아까 프라이드 시켰던 데서. 그거 맛있어 보였어."

문 형사가 휴대폰을 꺼내 들며 말했다. 아마 프라이드치킨은 전문점에서 배달시키고 박 순경이 양념만 만들어 입힌 모양이었다. 하지만 서 프로가 다급히 손을 뻗어 문 형사의 휴대폰 화면을 가로막았다. 그러더니 날카로운 눈빛과 말투로 그들을 둘러보며 말했다.

"아냐, 그럴 필요 없어. 이거…… 생각보다 맛있어! 그래서 할 말을 잃은 거야!"

"네에?"

"진짜요?"

믿을 수 없다는 듯 문 형사와 조 순경의 목소리가 높아졌다.

하지만 서 프로의 말을 듣고 가장 놀란 건 당사자인 박 순경이었다. 눈만 동그랗게 뜬 채 감격에 겨운 듯 턱을 내려뜨리고 서 프로를 바라보다가 겨우 입을 뗐다.

"차…… 참말이당가요?"

"진짜야. 정말로 서울에서 두 번째로 맛있는 치킨집이었겠는데?"

다정하게 웃으며 답하는 서 프로를 박 순경이 와락 껴안으며 외쳤다.

"검사님, 감사혀요잉! 으아아!"

"야, 야! 양념 묻잖아!"

이들의 서로에 대한 친밀감이 나를 더 초라하게 만들었다. 왜 내겐 저들처럼 살 기회가 없었을까. 왜 나만 달라야 했던 걸까. 왜 나는 다른 사람의 정보를 팔아 정작 나를 감추는 인생을 살아야 했던 걸까. 그런데…… 그렇게 또 모든 걸 눈 탓으로만 돌리는 내 자신이 치가 떨릴 만큼 싫었다.

가증스러워, 류용찬.

차오른 눈물이 떨어지지 않도록 고개를 들어 삼켰다.

"찬휘 씨, 미안한데 자기도 이쪽으로 옮겨 오면 안 될까? 가운데 놓고 같이 덜어 먹게."

서 프로가 내게 말하며 사람들 앞에 접시를 하나씩 내려놓았다. 박 순경은 어느새 문 형사와 조 순경 사이에 자리를 잡고 있었다. 서 프로는 조 순경 옆 빈자리에 접시를 놓으며 손으로 그곳을 가리켰다. 나는 말없이 젓가락을 챙겨 그곳으로 향했다.

서 프로가 물티슈와 냅킨을 준비하러 간 사이, 조 순경이 자리에서 일어나서 모두에게 치킨을 배분하기 시작했다. 그는 내게 제일 먼저 치킨을 덜어 주며 조용히 속삭였다.

“어느 부위 좋아하십니까? 아까 일을 사과도 드릴 겸 먼저 챙겨드리겠습니다.”

“아, 괜찮은데……. 그럼, 날개로…….”

그저 실수였을 텐데 아직도 신경 쓰고 있어서 조금 놀랐다. 조 순경은 고개를 끄덕이더니 길쭉한 요리용 젓가락으로 날개 위주로 골라주었다. 그런데 서두르다 그만 접시 밖으로 치킨 조각 하나를 떨어뜨리고 말았다.

“앗! 죄송합니다!”

사과와 동시에 재빨리 떨어진 치킨을 주워 접시에 올리며 말했다.

“5초 법칙, 아시죠? ‘바닥에 떨어진 음식도 5초 안에 주우면 먹어도 된다’!”

조 순경은 그렇게 말하곤 장난스럽게 웃어 보였다. 서 프로가 그 모습을 보고 깜짝 놀란 표정으로 뭔가 말하려고 했지만, 나는 곧장 조 순경에게 답하며 그녀의 배려를 막았다.

“네, 잘 먹을게요.”

서 프로는 동그래진 눈을 풀지 않았지만, 이내 몸을 돌려 사람들에게 물티슈와 냅킨을 나눠 주었다.

그렇게 모두가 박 순경이 만든 왕갈비 양념치킨을 먹기 시작했다. 가게 안은 사그락사그락 치킨 먹는 소리만 가득할 뿐, 다른 소리는 전혀 존재하지 않았다. 나를 제외한 모두가 박 순경이 만든 치킨에 푹 빠진 것 같았다.

음식이란 것도 기분에 따라 맛이 다르게 느껴지는 모양이었다. 그들은 맛있게 먹느라 정신없었지만 나는 별다른 맛을 느낄 수가 없었다. 다들 큰 그릇에 남아 있던 치킨을 한두 조각씩 더 가져다 먹었지만, 나는 조 순경이 주었던 몇 조각도 다 먹지 못하고 젓가락을 내려놓았다.

내 자리에 있던 텀블러를 가져와 물로 입가심을 하다 문득 아까 보려고 했던 유튜브 영상이 생각났다. 휴대폰 화면을 다시 열자, 격자무늬 사냥 모자를 쓰고 밤색 망토를 두른 젊은 남자가 나타났다. 곧장 소리를 끄고 영상을 재생했다. 다행히 유튜버가 말하는 내용이 모두 화면에 자막으로 나와서 소리가 없어도 시청에 문제가 없었다.

**아버지와의 마지막 인사 (1)**

여러분, 안녕하세요! 범죄 사건의 숨은 이야기를 파헤치는 〈내가 다 알려주마〉의 '서록'입니다! 오늘 가져온 사건은 정말 엄청납니다. 범인이 엄청 머리를 썼거든요! 이 사건의 전말을 알아챌 수 있는 분이 과연 계실까요? 두둥!

그럼, 당장 여러분이 궁금해할 사건 속으로 들어가봅니다! 고고!

고고!

#주택가에서 살인이 발생하다

때는 바야흐로 201×년 가을. 새벽 5시에 신문 배달을 하던 대학생이 자신의 담당 구역인 주택가를 지나다 싸한 느낌에 걸음을 멈춥니다. 골목길 어느 집 문 하나가 살짝 열려 있었던 거죠. 현관문 안쪽은 어둠에 가려 보이지 않았지만 오싹한 기운을 느끼곤 재빨리 자리를 뜹니다.

그 집의 이웃은 새벽에 들린 둔탁한 소음 때문에 잠을 깹니다. 하지만 금방 잠잠해져서 잊고 다시 잠자리에 들죠.

그런데 며칠 후, 대학생과 이웃 주민에게 경찰이 찾아옵니다. 그 집…… 열린 그 문 너머에 시체가 있었던 겁니다, 한 남자의 시체. 남편이자 두 아이의 아버지인 남자 오 씨였습니다.

#평온했던 가족에게 무슨 일이?

죽기 전, 오 씨는 건강이 좋지 않아 전업주부로 가정 살림을 도맡고 있었습니다. 부인인 정 씨가 작은 슈퍼를 운영했는데, 혼자 벌어 오는 돈으로도 생계가 안정적으로 굴러갔습니다. 첫째인 여섯 살 아들과 네 살인 둘째 딸도 아버지의 보살핌을 받으며 행복하고 평온한 삶을 살았다고 합니다.

살인 사건이 일어나기 전날 밤, 가족은 함께 식사를 한 후, 정 씨는 큰아들을 데리고 친정에 제사를 지내러 갑니다. 오 씨는 작은 딸이 아파서 집에서 아이를 돌보기로 했다죠. 정 씨가 아들을 데리고 집을 나서는 모습은 집 앞 가로등에 달린 CCTV에 고스란히 찍혔습니다. 부인과 아들이 가로등 아래에서 오 씨에게 손을 흔들며 인사를 했죠. 그런데 그게, 모자가 오 씨를 본 마지막이 된 겁니다!

#### #강도? 살인자들이 남긴 것은 담배꽁초?

경찰 조사에서 밝혀진 바에 따르면, 집 안은 물건을 뒤진 흔적으로 가득했다고 합니다. 하지만 현장에서 가족 외에 다른 사람의 지문은 발견되지 않았죠. 그런데 의문의 담배꽁초 3개가 시체 옆에 버려져 있었습니다. 근처에 담뱃재가 떨어진 흔적도 있었고요.

경찰은 담배꽁초에서 DNA를 채취하고, 주변에 거주하는 우범자들을 상대로 수사를 시작합니다. 현장에 남은 증거와 범행 정황을 고려했을 때, 범인 검거는 시간문제라고 생각합니다. 그런데 말입니다!

#### #미궁에 빠진 수사

담배꽁초에서 여자와 남자의 DNA가 함께 검출된 겁니다. 이게 무슨 일?!

3개의 담배꽁초에 각기 다른 사람의 DNA가 나온 거죠. 그렇다면 여러 명이 침입해 오 씨를 죽인 걸까요?!

경찰은 오 씨 부부의 주변 인물들을 상대로 금전이나 원한 관계를 고려해 다양한 수사를 벌였지만 용의자를 특정하지 못합니다. 주변 우범자들에게서도 특별한 혐의점을 발견하기 어렵게 되면서 쉽게 풀릴 것 같던 사건은 난관에 봉착하고 말죠!

#보이지 않는 증거가 있다? 그렇다면 범인은 바로!

여러분, 아무리 감추려고 해도 감출 수 없는 증거가 있다는 걸 아십니까?

육안으로는 보이지 않는, 현대 과학에서만 찾아낼 수 있는 증거! 그것은 바로 '미세 증거'라고 불립니다. 현대 과학수사의 쾌거랄까요?

죽은 오 씨에게도 눈에 보이지 않는 미세 증거가 남아 있었습니다. 잔인하게 살해당한 그의 몸에 남은 미세 증거는 과연 누구를 범인으로 지목할지…….

다음 주 업데이트되는 '아빠와의 마지막 인사(2)'에서 낱, 낱, 이! 밝혀드리겠습니다!

구독, 좋아요, 알림은 사랑입니다! 다음 주에 만나요, 컴온, 컴온!

거기까지였다. 이 내용만으로는 누가 범인인지 예측이 어려웠다. 초반에는 집을 뒤진 흔적과 담배꽁초에서 발견된 DNA 등으로 범인이 쉽게 검거될 것처럼 보였지만, 곧바로 그 증거가 오히려 혼란을 준 것 같았다. 아무래도 마지막에 언급한 미세 증거라는 것이 최종적으로 범인을 판별하는 데 큰 역할을 하지 않았을까 추측만 할 뿐이었다.

옆자리에 앉아 있는 조 순경에게 자연스레 시선을 돌렸다. 마침 그가 식사를 다 마친 듯 물티슈로 손을 닦고 있었다. 궁금증을 참지 못하고 조심스레 물었다.

“저, 조 순경님은 범인을 알고 계시는 건가요?”

“부인입니다. 슈퍼에 드나들던 남자와 바람이 났답니다. 사건이 있던 날, 남편을 죽인 후 집을 나섰던 거고요. 담배꽁초나 집을 뒤진 흔적도 모두 부인이 조작해둔 것으로 밝혀졌습니다.”

“예? 하지만…….”

깜짝 놀라서 말을 내뱉다 말고 급히 장갑 낀 손으로 입을 가리고 생각에 잠겼다. 분명 부인이 큰아들과 함께 남편에게 작별 인사를 나누는 장면이 집 앞 CCTV에 찍혔다지 않았던가. 아까 가게에 들어설 때 서 프로가 조 순경에게 했던 질문이 데자뷔처럼 떠올랐다.

‘아니, 아이가 아빠한테 손인사 하는 장면이 가로등 CCTV에 찍혔잖아.’

결국 서 프로도 나와 같은 의문을 가졌다는 이야기다. 하지만 조 순경은 내가 담배꽁초에 의문을 가졌다고 오해한 듯, 그에 대한 설명을 덧붙이기 시작했다.

“담배꽁초는 부인이 범행을 자백할 때 진술하길, 수사에 혼선을 주기 위해 바깥에서 주워 온 거라고 밝혔습니다. 꽁초에 섞인 여성 DNA는 둘째 딸이 배가 고프니까 입에 넣고 빤……."

"하지만 가로등 CCTV에 피해자에게 인사하는 부인과 아이가……."

답답한 마음에 결국 조 순경의 말을 끊으며 끼어들었다. 그런데 내가 말을 미처 끝내기도 전에 서 프로의 목소리가 치고 들어왔다.

"그래, 그거! 나도 그게 이해가 안 돼서 너무 궁금하다니까!"

서 프로는 두 손이 양념 범벅이 된 채 여전히 치킨을 먹으면서 이쪽을 보고 있었다. 입가의 양념을 혀로 한 번 훑은 후 그런 모습과는 어울리지 않는 진지한 말투로 생각을 풀어놓기 시작했다.

"부인이 집을 출입한 건 그 모습이 마지막이었고, 이후 알리바이도 확인됐다고 했어. 게다가 아기도 아니고 의사소통이 가능한 유치원생 큰아들이 엄마와 함께 집 앞에서 아빠에게 손을 흔들며 인사하는 장면이 정확하게 찍혀 있었어. 아이가 진술할 때 자신에게 인사하던 아빠의 얼굴 표정까지 묘사했다면서? 그러니 너무 이상하잖아, 안 그래?"

박 순경은 서 프로 옆에서 몇 조각 남지 않은 치킨을 사수하는 데 정신을 빼앗겨 사건 이야기에는 관심도 없어 보였다. 문 형사가 이제 자신이 나설 때가 되었다는 듯 손을 닦고 입을 뗐다.

"서 프로님, 혹시 어릴 때 기억 중에서요, 지금 생각하면 분명히 TV나 영화 속에서 본 장면인데 마치 직접 겪었던 것처럼 기억하는 장면 있으시죠?"

서 프로는 잠시 허공으로 눈동자를 굴리더니 답했다.

"어, 그런 게 있긴 하지."

문 형사가 고개를 끄덕이고 말을 계속했다.

"전 비슷한 상황이었다고 생각해요. 어린아이들은 꿈이나 TV 속 장면 혹은 누가 해준 말도 자신이 직접 경험한 것으로 착각할 수 있다더군요. 저희는 여러 가정과 가능성을 따져보고 부인이 범행을 저지른 후, 이를 은폐하기 위해 진술 가능성이 있는 큰아들만 데리고 나왔을 거란 결론을 내렸습니다. 부인이 일부러 CCTV에 영상을 남기기 위해 아빠가 문가에 있는 것처럼 아이에게 설명한 후 일부러 인사시킨 거라고요. 지적하셨다시피, 그 시간 이후의 알리바이는 모두 확인됐으니까요."

"하지만 아이가 그 당시 아빠 표정까지 묘사했다면서?"

서 프로는 문 형사의 설명이 여전히 부족하다는 듯 목소리를 높였다.

"네, 아빠가 찡그리고 있었다고 했죠. 이것도 아이의 기억 몇 가지가 섞인 걸로 판단했어요. 아마도 집을 나오면서 죽은 채 누워 있던 아빠의 얼굴을 봤을 거예요. 그리고 집 앞에서 엄마가 아빠에게 인사하라고 하니까, 죽은 아빠의 얼굴을 마지막으로 인사한 얼굴로 착각한 거죠……."

문 형사는 안타까운 듯 말꼬리를 흐렸다.

내가 이해한 게 맞는다면 사건의 전말은 이렇게 되었을 것이다.

아내가 바람이 나서 남편을 죽였다. 이웃 주민이 새벽에 소음을 들었다고 하니 폭행이었을 것이다. 그 후 부인이 딸은 남편의 시체와 함께 남겨두고 유치원생인 큰아들만 데리고 집을 나왔다. 부인은 자신이 집을 떠날 때 남편이 살아 있었다는 알리바이를 확보하기 위해 CCTV가 찍히는 가로등 아래에서 아이의 아빠가 살아 있는 것처럼 연기를 했다. 아이는 아빠의 허상을 보며 손을 흔들었다…….

살인이라는 범행이 가진 근본적인 무거움은 둘째 치고, 소름 끼치게 잔혹한 범죄였다. 나중에 아들이 커서 이 사건에 관해 알게 되는 걸 막을 순 없을 것이다. 그런데 어머니가 아버지를 죽였다는 사실은 물론, 자신이 그 범죄를 은폐하는 데 이용당했다는 것마저 알게 된다면…… 어떤 기분일지 감히 상상도 되지 않았다.

안타까운 마음이 들었지만 이야기에서 뭔가 빠져 있다는 걸 깨달았다. 문 형사의 설명에는 부인이 범인이라는 결론만 있었다. 결국 경찰이 어떻게 부인이 진범임을 밝혀낼 수 있었는지, 어떤 증거를 쫓았는지에 대한 내용은 없었다.

마침 서 프로도 같은 의문이 든 모양이었다.

"남편이 범인인 건 어떻게 알아냈어? 미세 증거가 역시 단서였나?"

미세 증거. 아까 봤던 영상 마무리에 언급된 단어였다.

"맞습니다, 그게 부인을 압박하는 증거물로 큰 역할을 했다고 봐야죠. 그 덕에 결국 자백을 끌어내는 데 성공했어요."

문 형사가 고개를 주억거리며 답하자 서 프로도 고개를 끄덕였다. 서 프로는 미세 증거라는 게 뭔지 이미 알고 있는 것 같았다. 나는 인터넷 검색으로 정보를 찾으려고 다시 휴대폰을 꺼내 들었다. 그 모습을 본 조 순경이 눈치 빠르게 설명을 시작했다.

"미세 증거는 20세기 프랑스 범죄학자 에드몽 로카르라는 사람이 처음으로 발견하고 주장한 범죄 수사 기법입니다. '모든 접촉은 흔적을 남긴다'라는 말로도 유명하죠. 이번 사건에서도 피해자의 손톱과 옷에서 미세 증거를 채취해서 분석했는데 눈에는 보이지 않았지만 현미경 배율을 고도로 높였을 때 확인된 섬유가 있었다고 합니다. 그게 부인이 그날 입었던 옷에서 나온 것이었고 그 양이 일상 접촉에서는 불가능한 수준의, 격렬한 몸싸움에서만 가능한 양이었기 때문에 수사팀에서는 부인을 범인이라 확신할 수 있었던 겁니다."

조 순경 말에 나는 무의식적으로 장갑 낀 내 손을 바라봤다. 내 신체를 다른 곳에 접촉하지 않으려 애쓰는 만큼 신체를 가리고 있는 이 물건이 대신 흔적을 남긴다는 걸 깨달았다. 내가 무언가를 오래 계속 사용한다면 그것도 마치 DNA처럼 나를 증명하는 흔적이 될 수 있다는 생각에 오싹해졌다. 두 손을 급히 테이블 아래로 숨겼다.

문 형사가 조 순경 말에 덧붙였다.

"물론 다른 여러 가지 증거도 부인을 처음부터 의심하는 계기가 됐어요. 보통의 범죄 현장과는 확연히 차이 나는 요소가 처음부터 여럿 보였습니다. 강도가 든 것처럼 집 안을 난장판으로 만들어놨지만 실제로 도난당한 물건은 없었어요. 컴퓨터를 가져가지도 않을 거면서 떨어뜨려놨다든지 옷장을 뒤졌는데 물건에는 손도 안 대고 바깥으로 꺼내놓기만 했다든지, 그런 식이었죠. 그렇게 현장 이곳저곳에 조작한 흔적이 꽤 있었어요. 게다가……."

목이 탔던지 문 형사가 잠시 물로 목을 축이고 말을 이었다.

"일반적인 범죄자는 사건 현장이 최대한 늦게 발견되길 원하기 때문에 범죄 현장을 떠나면서 문을 닫아두기 마련인데, 이 현장은 일부러 현관문 말굽까지 내려서 문을 열어둔 게 특히나 수상했습니다."

설명을 듣고 보니, CCTV 증거가 있는데도 경찰들이 부인을 의심했던 이유를 수긍할 수 있었다.

갑자기 박 순경이 끼어들며 말했다.

"아따, 그건 참말로 티가 확 나브렀구만! 살인 사건은 특히나 문이 잘 안 열리게 할라고 더 신경 써두는디, 범인은 왜 그랬당가요? 허긴, 그라도 엄마라고 남은 딸래미가 걱정돼서 그랬을랑가요? 야가 빨랑 발견돼야 하니께?"

박 순경이 물티슈로 손톱 아래까지 꼼꼼히 닦아내며 중얼거렸다. 문 형사는 목을 좌우로 꺾어 스트레칭하면서 조금은 심드렁하게 말했다.

"박 순경처럼 그렇게 생각하는 동료들도 있었는데……. 글쎄, 난 좀 꼬였는지 그렇게 좋은 방향으론 생각이 안 되더라고."

"그러면 역시…… CCTV 때문이라고 보는 거야?"

서 프로가 넌지시 묻자 문 형사가 착잡하게 웃으며 답했다.

"그렇죠. 현관문이 굳게 닫혀 있는 상태에서 아빠한테 인사하라고 하면 아무리 아이라도 해도 이상하다고 생각하지 않았겠어요? 문이 그나마 조금이라도 열려 있으니까 아이도 아빠가 거기 있을 수 있다고 생각했겠죠. 그래서 자연스럽게 인사도 했을 거고요. 생각할수록 아이가 너무 안타까워요."

문 형사가 말을 끝내자 모두 무겁게 입을 다물었다.

그렇게 침묵만이 가게를 채우고 있을 때였다. 느닷없이 새벽 네시 정각을 알리는 알림 소리가 들렸다.

"네! 시!"

"깜짝이야!"

서 프로가 알림 소리와 거의 동시에 화들짝 놀라 소리쳤다. 곧바로 주위를 둘러보며 범인을 찾았다.

"뭐야, 누구야?"

"오메, 죄송합니다잉. 야간 교대 근무할 때는 시간 체크가 필수여가꼬. 근디 오늘은 아까침에 분명히 꺼놨는디 이거시 또 언제 켜져브렀당가……."

박 순경이 멋쩍게 답한 후 자신의 휴대폰을 살폈다.

"그나저나, 벌써 시간이 이렇게 됐네. 우리 마무리로 국수나 한 그릇씩 할까?"

서 프로가 자리를 털고 일어나며 말했다. 세 사람은 모두 신이 난 얼굴로 고개를 끄덕였다. 서 프로는 흐뭇한 미소를 지으며 주방으로 향했다.

문 형사가 박 순경이 구사하는 사투리 중에 잘 알아듣지 못하는 몇 가지 단어에 대해 질문하면서 두 사람이 대화를 시작하자, 조 순경이 내게 인사치레로 몇 가지 질문을 했다. 하지만 내가 말없이 고갯짓으로만 답을 이어가자 이내 포기한 듯 더 이상 말을 걸지 않았다. 그 뒤 세 사람의 대화는 사적인 주제로 넘어갔다.

나는 조용히 듣고만 있었다. 남과 직접 말을 섞는 것보다 이러는 편이 안심됐다. 특히 복잡한 마음을 버텨내고 있는 지금의 상황에서는 더욱 그랬다. 사건에 대한 생각과 그들의 개인사에 대한 이야기가 뒤섞이면서, 머릿속에서는 나와 관련된 여러 가지 단상이 떠다녔다.

서 프로가 국수를 들고 테이블로 나오자, 그들의 대화도 내 생각도 함께 끊겼다.

맑고 깔끔한 멸치 육수에 담아낸 국수가 작은 공기에 주먹만 한 크기로 앙증맞게 자리하고 있었다. 간이 세지 않은 국물에 적당한 양의 국수가 기름기로 느끼했던 속을 부드럽게 달래주었다. 호로록. 입술을 타고 면발이 들어가는 소리가 조용한 공간을 한동안 채웠다.

그사이 대중교통이 다니는 시간이 되었다. 누가 먼저랄 것도 없이 모두 자연스럽게 자리에서 차례로 일어났다. 서 프로는 문 앞에서 우리를 배웅하며 심심포차의 마지막 파티에 관해 이야기했다.

"냉동실까지 다 비워서 코스로 준비할 테니까, 다들 꼭 와야 돼! 특히 찬휘 씨, 꼭 오기! 나랑 약속!"

나는 말없이 미소만 지으며 서 프로에게 고개 숙여 인사했다. 곧바로 세 사람에게도 간단히 인사한 후 아무도 향하지 않는 방향을 택해 걸음을 내디뎠다.

'특히 찬휘 씨, 꼭 오기!'

서 프로의 목소리가 귓가에 맴돌았다. 나는 아마 다시 고민에 빠지겠지만 결국 같은 선택을 할 것이다. 계획대로 마무리하기 위해서는 그 자리에 있는 게 괴로운 상황이 되더라도 심심포차의 마지막을 함께해야 했다. 모든 걸 깔끔하게 완료하기 위해서.

휴대폰을 꺼내 시간을 확인했다. 심심포차의 폐업 파티까지 약 열두 시간이 남았으면서, 내 미래가 나의 계획과는 전혀 다르게 흘러가리란 걸 정작 나는 미처 모르고 있는 아침 다섯시 구분이었다.

## 마지막 날.
## 심심포차여, 안녕

자고 일어나 보니 휴대폰 이메일 앱에 알림 숫자가 떠 있었다. 프로젝트를 중개했던 브로커가 진행 상황을 묻는 메일이었다. 회신 없이 바로 삭제 아이콘을 눌렀다.

이제 내 관심은 온통 심심포차에서의 마지막 파티를 마친 후 언제, 어떻게 생을 마감하느냐에 쏠려 있었다. 그게 내 인생의 마지막 프로젝트나 다름없었으니까. 그걸 위해 컴퓨터와 클라우드 서버에 저장된 데이터는 내가 죽은 후 자동 포맷되도록 프로그래밍해둘 생각이었다.

파티 시간까지 다섯 시간 정도 여유가 있어서 바로 작업에 들어갔다. 어차피 내가 이 세상에서 정리할 것은 데이터밖에 없으니 심심포차에서의 파티가 끝나고 만 하루면 작업을 완료할 것으로 예상했다. 그렇게 마지막 프로젝트가 마감될 것이다.

키보드를 치는 손가락에 점점 속도가 붙었다. 잡념이 사라지면서 내가 적어야 할 코드값만 손가락 속도에 앞서 머릿속에 떠올랐다. 언제나 이 느낌이 좋았다. 뇌에서 풀려 나오는 코드로 컴퓨터와 이야기를 나누듯 만들어가는 시간은, 세상에서 내가 두려워하고 겁내던 모든 것을 잊게 도왔다. 그런 시간도 이제는 마지막이라는 생각에 가슴을 스치는 뭔가가 느껴졌지만 무아지경에 빠지며 금세 잊어버렸다.

하지만 그런 식으로 작업했는데도 많이 진척하지 못했다. 코드 중간에 특수문자 하나가 잘못 들어가는 바람에 오류가 생겼는데, 그걸 찾아내는 데 평소보다 오래 걸린 탓이었다. 아쉽지만 일단 집을 나서기로 했다. 서 프로와의 마지막 시간은 조금도 낭비하고 싶지 않았으니까. 곧바로 외출 준비를 시작해 삼십 분 만에 집을 나섰다.

전철역에서 나와 걸어가는데 약하게 눈발이 날리기 시작했다. 주말의 이곳은 언제나 텅 비어서 빌딩계곡풍이 세차게 불곤 하는데 오늘따라 그 바람은 온데간데없고 밀가루처럼 가는 눈발만이 허공을 떠다녔다. 하얀 가루가 천천히 바닥에 내려앉아 내 발자취를 드러나게 했다. 흔적이 남는 것을 싫어하는 나조차도 눈에 찍힌 발자국은 괜찮았다. 눈은 언제나 새로 쌓이며 그것을 덮어주니까.

얕게 쌓인 눈을 밟으며 천천히 걷다 보니 가게 골목길 입구에 당도해 있었다. 그런데 가게 앞에 웬 사람의 형체가 어렴풋이 보였다. 좀 더 다가가 확인해보니 서 프로였다. 고민을 가득 담은 얼굴로 천천히 작은 원을 그리며 제자리를 돌고 있었다. 그녀 너머로 보이는 가게 불빛은 밝았고 손님들의 왁자지껄한 소리가 새 나오고 있었지만, 서 프로는 그 분위기와 괴리된 채 홀로 가게 앞을 서성이고 있었다.

가만히 서서 그녀를 바라보았다. 점점 눈발이 거세지면서 서 프로의 어깨와 머리에 하얀 천을 씌웠다. 하지만 당사자는 신경 쓰이지 않는 모양이었다. 그걸 알아채지 못할 정도로 생각에 깊게 빠진 것 같았다. 문득 그녀의 건강이 좋지 않다는 사실이 떠올랐다. 저대로 계속 눈을 맞으면 안 될 것 같아서 황급히 걸음을 떼어 그녀에게로 다가갔다.

"어? 찬휘 씨 왔구나."

서 프로가 나를 발견하고 반갑게 인사를 건넸다. 평소와 달리 조금 가라앉은 목소리였다. 오늘을 끝으로 가게를 정리해야 하니 마음이 착잡한 탓이라 생각했다.

"왜 여기에 계세요?"

"으응, 뭐 좀, 생각할 게 있어서."

그녀는 애써 얼굴에 미소를 올렸지만 자연스럽지는 않았다. 잠시 내 얼굴에 시선을 둔 채 입술을 떼려다 망설이는 듯한 표정을 지었다. 내가 의아하게 바라보자, 서 프로는 한 번 더 주저하다 결국 입을 열었다.

"찬휘 씨, 내 고민 하나 좀 들어볼래요?"

서 프로가 내게 처음으로 하는 부탁을 거절할 수 없어서 말없이 고개를 끄덕였다.

서 프로는 말하기 힘든 이야기를 꺼내려는 듯 잠시 뜸을 들이다 말했다.

"자꾸 마음이 가는 사람이 있어요. 잘은 모르지만 상처를 많이 받은 사람인 것 같아. 근데 그 사람이 잘못된 선택을 하려고 해. 내가 그걸 막을 수 있을 것 같은데, 그렇게 하면 그 사람이 다른 방식으로 상처를 받을지도 모르겠어. 나를 원망할 수도 있을 것 같아. 내가 어떻게 하는 게 좋을까?"

그녀의 말에서 상대를 생각하는 진심이 느껴졌다. 그 사람에게 원망을 살 수 있다는 걸 알면서도 올바른 길로 이끌어주고 싶어 하다니. 서 프로가 진심으로 아끼는 그 사람이 부러웠다.

나는 잠시 생각하다가 되물었다.

"그분이…… 서 프로님의 결정을 나중에라도 이해 못 할까요? 지금 당장은 원망할 수 있다고 해도요."

"아……. 어쩌면 나중에는 이해할 것도 같아. 지금의 선택은 미래를 망가뜨릴 수도 있는데, 난 그 사람이 지금은 잠깐 힘들어지더라도 나중엔 떳떳하게, 행복하게 살았으면 좋겠어. 그렇게 할 수 있도록 돕고 싶어. 아마 결국엔 내 의도를 이해할 거야. 똑똑한 사람이거든, 내가 보기엔."

그녀의 말에서 그를 믿고 있는 확신이 느껴졌다.

누군가 나를 그 정도로 믿어준다는 건 어떤 느낌일까. 상상하는 것만으로도 가슴이 벅찼다. 그는 서 프로가 이렇게 자신을 생각하고 있다는 걸 알고나 있을까. 만약 그렇다면 서 프로의 행동을 원망할 리 없다. 지금은 비록 알지 못하더라도, 나중에라도 서 프로의 마음을 알게 된다면 그 사람도 이해할 수 있을 테니까.

"저는 서 프로님의 선택이 옳다고 믿어요. 진심이니까."

나름의 단호한 말투로 힘을 주어 말했다. 서 프로의 결심이 흔들리지 않도록, 그녀가 옳다고 믿는 일을 할 수 있도록 돕고 싶었다.

서 프로의 얼굴에 드리웠던 어두운 기운이 천천히 사라지면서 삼각형 안경테 너머의 눈이 반달이 되었다. 그 미소에 내 마음도 위로받는 것 같았다. 며칠간 힘들었던 고민과 결정에 대한 중압감마저 조금은 가벼워지는 듯했다.

서 프로는 다정한 목소리로 고맙다고 속삭인 후 내 팔을 당겨 가게로 이끌었다.

"여러분, 찬휘 씨 왔어요! 다 안면 있지?"

가게 문을 열며 외치는 목소리에 서 프로의 밝은 에너지가 되살아나 있었다. 활기차고 카랑카랑한 목소리가 가게 안의 밝은 불빛과 조화롭게 어우러졌다. 미리 와 있던 다섯 사람이 내게 눈인사를 보냈다. 한 실장, 박 순경, 조 순경이 디귿 자 바 테이블의 가운데, 황 프로가 조 순경의 옆자리 격이 되는 오른쪽 바 테이블에 앉아 있었고 그 옆에 홍 과장도 있었다. 마주치면 어떻게 해야 하나 걱정스러웠던 문 형사는 자리에 없었다. 모든 게 내 잘못이지만, 그녀를 보면 불편한 느낌을 피할 수 없기에 다행이었다.

모두 앉아서 나를 돌아보는 모습을 보니 반갑기도 하고 이상하게 편안했다. 처음 심심포차를 방문했을 때의 느낌은 어떤 일이 일어나도 이상할 것 같지 않던 신비로운 곳이었는데, 이제는 그에 더해 따스함까지 가득 차 있었다. 나는 고갯짓으로 모두에게 차례대로 인사를 건넸다.

"자리에 가서 앉아. 찬휘 씨 지정석 저기지?"

서 프로가 웃으며 농담조로 말했다. 나도 미소를 보이고 그곳으로 이동했다. 내가 자리에 앉는 것을 확인하자마자 서 프로가 가게 중앙으로 들어가서 섰다. 연설이라도 하려는 듯 목을 가다듬은 후 말을 시작했다.

"아, 여러분. 오늘 이 자리에 와주셔서 '심심'한 감사의 말씀을 올립니다."

서 프로는 '심심'을 표현할 때 외국영화에서 하는 것처럼 손가락 두 개를 따옴표처럼 만들었다. 사람들이 그 모습에 즐거워하며 웃음을 터뜨렸다.

부러운 눈으로 그들을 바라보다 문득 깨달았다. 지금은 내가 누군가와 어울리는 마지막 시간이었다. 그렇다면 한 번쯤은 모든 걸 내려놓고 즐겨도 되지 않을까, 마지막으로 기억에 새길 행복한 시간을 쓸모없는 상념으로 낭비하기에는 아깝지 않나, 이 정도는 누군가도 허락해주지 않을까. 작은 욕심이 마음에 자리를 틀었다. 그래서 서 프로의 모습을 바라보며 얼굴에 한껏 웃음을 올렸다. 갑자기 눈가가 촉촉해졌다. 뭐라 표현할 수 없는 이상한 기분에 심장이 살짝 요동쳤다.

"그동안 이곳을 찾아주셔서 감사하고……."

"근디 와 갑자기 존대를 쓰고 그러신당가요. 오메, 닭살 돋는거 보소!"

서 프로의 말을 끊으며 박 순경이 팔을 걷어 올려 문지르는 시늉을 했다.

"뭐? 박 순경, 자네 진짜!"

그 말과 함께 서 프로가 박 순경의 팔 하나를 붙잡고 마구 때리기 시작했다. 박 순경은 자리에서 벌떡 일어나 엄살을 피우며 유난을 떨었다.

"오메, 나 죽네! 여의도 사람들! 전직 검사님이 경찰 잡소!"

그 모습에 사람들이 배꼽을 잡고 웃었다. 서 프로도 웃음을 터뜨리더니 다시 숨을 고르고 말을 이었다.

"그래, 하던 대로 할게! 심심포차를 마무리하는 자리에 모두 함께해줘서 고마워들! 계획했던 대로 진행할 예정이니까 잘 부탁해. 남은 재료 다 소진해서 코스로 내줄 테니 다들 배가 터질 때까지 먹는 거다?"

"배가 터져도 계속 먹겠습니다!"

홍 과장이 한 손을 번쩍 들며 장난스럽게 외쳤다. 사람들이 다시 한번 웃음을 터뜨리자 화목한 분위기가 한층 물이 올랐다. 나도 처음으로 그들과 함께 소리 내어 웃었다. 밖으로 소리 내는 웃음이 생경했다. 하지만 따뜻한 뭔가가 가슴 주위를 돌아다니는 느낌이었다. 그게, 좋았다.

“그런데 오늘 무슨 이벤트도 하신다고 하지 않으셨습니까?”

웃음이 잦아들자마자, 조 순경이 서 프로에게 물었다. 서 프로가 곧장 미소를 띠며 답했다.

“어유, 급하시긴! 안 그래도 진행하려고 했습니다요, 조 순경님.”

그러고는 바로 사람들을 향해 큰 소리로 말했다.

“자, 여러분! 본격적으로 먹고 마시기 전에 이벤트 하나 합시다! 내가 심심포차 오픈 직전에 쿠바 여행 다녀온 거, 웬만한 사람들은 다 알고 있지?”

몇몇 사람이 고개를 끄덕였다. 내내 홍 과장하고만 이야기를 나누던 황 프로가 모처럼 큰 목소리로 말을 보탰다.

“저, 저, 저것도 쿠, 쿠바에서 사 오신 겁니다. 체, 체, 체 게바라.”

“맞아, 황 프로! 쿠바 하면 대부분 체 게바라를 떠올리지!”

서 프로는 황 프로가 대견한 듯 눈을 맞춘 후 주방 옆에 걸린 장식 천을 손으로 가리켰다.

“하지만 놀고 즐기기 좋아하는 나한테 쿠바는 ‘시가’ 아니겠어?”

서 프로가 장난스럽게 말꼬리를 올리며 바 테이블 아래 어디선가 작은 나무상자 하나를 꺼내 들었다.

"그래서 기념으로 시가도 사 왔거든! 바로 헤밍웨이가 즐겨 피웠다는 그 브랜드. 내가 평소에 담배를 피우진 않지만, 어쩌다 한 번은 괜찮잖아?"

서 프로가 상자를 열어 전시하듯 사람들에게 보여주었다. 상자 안에는 반질거리는 도톰한 시가 세 개와 작은 칼날을 품은 직사각형 나무토막 같은 게 있었다. 대부분이 시가를 본 경험이 없어서 각자 나름의 감탄사를 던지며 신기해했다.

"심심포차를 한해 한해 버텨내면서 매해 오픈 기념일이 될 때마다 한 대씩 피워왔어. 근데 이제 그럴 일이 없네? 그리하여! 본격적인 파티 코스를 시작하기 전에 단 두 분을 추첨하는 이벤트! 나랑 셋이서 마지막 시가를 태우는 거지, 어때?"

"좋습니다!"

"재밌겠다아!"

"언능 합시다잉!"

"하시죠, 해요!"

서 프로의 말이 끝나자마자 곳곳에서 호응하는 소리가 들렸다. 나는 비록 골초는 아니지만 프로젝트 작업 때문에 흡연의 굴레를 벗어나지 못했다. 게다가 시가는 한 번도 피워본 적이 없어서 자연히 호기심이 동했다.

서 프로는 사람들의 반응을 예상했던지 미리 준비한 추첨 쪽지를 어딘가에서 꺼냈다. 작게 접힌 종이 뭉치들이 투명 유리컵 속에 들어 있었다. 서 프로의 오른편에 앉은 한 실장이 첫 번째였다. 그녀부터 쪽지를 하나씩 뽑고 옆 사람에게 유리컵을 넘기는 방식으로 추첨이 진행됐다. 한 실장은 나와 정반대 끝자리에 앉아 있었으니 나는 모두가 쪽지를 뽑고 남은 마지막 쪽지를 갖게 되는 셈이었다. 중간에 당첨자 두 명이 나와버리면 내 운은 뽑기도 전에 판가름이 난다는 이야기였다. 작은 긴장감이 내 몸을 휘감았다.

"역시 전 이런 운과는 거리가 멉니다."

한 실장이 내뱉은 말의 뉘앙스와는 달리 아쉬워하는 기색을 전혀 보이지 않으며 말했다.

"오메! 검사님, 저여요! 조 순경아, 나 당첨이다잉!"

박 순경이 호들갑을 떨며 서 프로에게 말하더니 곧바로 옆자리의 조 순경에게도 자랑하듯 쪽지에 그려진 동그라미를 보였다. 황 프로와 홍 과장도 신이 나서 연달아 쪽지를 집었다. 드디어 마지막 남은 쪽지를 품은 유리컵이 내게 도착했다. 그사이 조 순경이 자신의 쪽지를 보곤 말했다.

"아, 저는 탈락입니다!"

조 순경이 아쉬운 듯 쪽지를 손으로 구겨버리면서 마지막 쪽지를 집는 나를 바라봤다. 이제 황 프로와 홍 과장, 그리고 내게 당첨의 기회가 남아 있었다.

"아아, 저도 땡! 에잇, 당첨되면 우리 형님한테 양보해드리려고 했는데!"

홍 과장이 아쉬운 듯 쪽지를 다시 접으며 이야기하자 황 프로는 그런 홍 과장을 바라보며 흐뭇하게 웃기만 했다. 그의 손에 쥔 쪽지는 아직 펼쳐지지 않은 상태였다. 이제 황 프로 아니면 나인 상황. 반반의 확률.

내가 먼저 들고 있던 쪽지를 펼쳤다. 나도 모르게 입이 벌어졌다. 완벽한 원형에 가까운 동그라미가 눈앞에 있었다. 내 인생에 이런 행운은 거의 없었기에 믿기지 않았다. 그 동그라미를 마주하고도 현실인지 분간하기 위한 시간이 필요해 주춤대다, 마침내 어색하게 입을 열었다.

"제가…… 됐나 봐요."

사람들이 곧장 박수로 축하해주었다. 서 프로는 나를 보고 웃으면서 밖으로 나가자는 몸짓을 했다. 그녀는 시가 상자와 토치를 챙겨 들고 바 테이블을 돌아 걸어 나왔다. 박 순경과 나를 포함한 세 사람은 겉옷을 챙겨 입고 상기된 표정으로 함께 가게 문을 나섰다. 남은 사람들은 축하의 환호성을 질렀다.

나와 서 프로, 박 순경이 순서대로 가게 앞에 나란히 섰다. 내리던 눈은 어느새 그친 상태였다. 바닥에 얕게 쌓인 눈이 가로등 불빛을 받아서 빛났다. 그 반짝거림이 나를 괜히 더 설레게 했다.

"찬휘 씨, 시가는 입담배 식으로 피우는 게 나을 거야. 속까지 마시면 독하니까 조심해."

서 프로가 시가를 건네주며 설명했다. 내가 담배를 피우는지는 따로 묻지 않았다. 지난번에 가방 속 소지품을 쏟았을 때 담배를 봐서라고 생각한 나는 말없이 고개만 끄덕였다.

"박 순경이 먼저 불붙이는 거 보고 따라 하면 될 거야."

서 프로가 박 순경이 쥐고 있는 시가의 앞부분을 살짝 잘라냈다. 상자에 함께 들었던 나무토막 같은 것을 이용했는데 그게 시가용 커터였던 모양이다. 그 후 화로용 토치를 이용해 시가 끝을 태우기 시작했다. 살짝 불꽃이 이는 게 보이자 서 프로가 박 순경에게 말했다.

"박, 마저 붙여줄 테니까, 숨 들이쉬어봐."

박 순경은 익숙하게 시가에 불을 올리는 데 성공했다. 그도 원래 흡연자인 모양이었다. 서 프로는 박 순경 시가에 불이 안정적으로 붙은 것을 확인하고 바로 내 것도 준비해주었다. 나도 박 순경이 했던 대로 따라 했다.

"켁, 콜록!"

그런데 뭘 잘못했는지 연기가 코로 들어가면서 매캐한 맛이 목구멍으로 넘어왔다. 큰 기침이 연거푸 나오는 바람에 정신을 차릴 수가 없었다.

서 프로가 놀란 듯 내 등을 토닥이며 걱정스레 물었다.

"찬휘 씨, 괜찮아? 숨 크게 들이쉬고! 물 가져다줄까?"

"콜록콜록. 하아, 괜찮아요."

다행히 기침이 금방 잦아들어 큰 문제는 없었다. 그 와중에 다행이랄까, 처음에 크게 빨아들인 덕에 불은 제대로 붙어 있었다. 그다음부터는 그저 시가를 만끽하면 됐다.

그 후 한참 동안 우리 셋은 아무런 말 없이 그저 나란히 서서 시가를 태웠다. 어두워지는 빌딩 숲을 바라보며 하얀 연기를 공중으로 함께 뿜어 하늘을 채웠다. 공중에서 연기가 흩어지는데 내 안의 빈 곳은 이상하게 반대로 채워지는 느낌이었다. 아무도 아무런 말을 하지 않았다. 시가만 태우며 각자의 생각에 잠겨 시간을 보냈다. 그게 묘하게 편안했다. 같은 시간, 같은 공간에 있어도 그 순간 우리가 공유한 것은 시가 연기뿐이었다.

시가를 반쯤 태웠을 때 갑자기 서 프로가 격한 기침을 뱉어냈다. 나와 박 순경이 놀라서 그녀에게 다가가려고 했지만, 서 프로는 기침을 계속하면서도 한 손을 들어 올려 괜찮다는 표시를 하고는 길 한쪽으로 걸어갔다.

나는 서 프로가 검사직에서 그만두게 된 지병이 기관지에 관련된 게 분명하다고 추측했다. 게다가 그 병은 여전히 진행 중인 거라고. 그렇다면 서 프로는 담배를 피워서는 안 되는 사람인데 도대체 왜 이런 이벤트를 계획한 걸까.

혹시, 서 프로도 나처럼 삶을 포기하려는 마음을 먹은 걸까?

그 생각이 머리를 스친 순간 눈앞이 캄캄해졌다. 나는 생을 마감하는 게 당연한 사람이었다. 이 세상에 연결된 사람도 없고 삶을 살아갈 이유도 없었다. 나 때문에 끔찍한 경험을 하게 된 반설에게 속죄하기 위해서라도 내 삶은 끝나야 했다. 하지만 서 프로는 달랐다. 그녀는 나 같은 인간에게조차 신경을 기울이고 챙기며 심지어 목숨까지 희생하려고 했다. 내가 세상을 어둠으로 이끄는 사람이라면 그녀는 빛으로 밝히는 사람이었다. 그런 서 프로가 삶을 포기하려 한다고? 믿을 수 없는 일이었다. 그래선 안 됐다.

피라도 토할 듯 골목을 울리는 큰 소리를 몇 번 낸 후에야 그녀의 기침이 멈췄다.

"아, 미안, 미안! 연기에 갑자기 사레가 걸렸나 봐, 하하하하!"

서 프로가 평범한 일이라는 듯 변명했지만 나는 그녀가 일부러 자신의 병을 숨기기 위해 그런 핑계를 댄다는 걸 알았다. 숨기고 싶은 아픔을 웃는 모습으로 포장하려고 하는 게 더욱 마음이 아팠다.

"오메! 장갑, 장갑 타겄소!"

갑자기 박 순경이 놀란 목소리로 외치며 내 손에 있던 시가를 낚아챘다. 서 프로에게 신경 쓰느라 넋 놓은 사이, 장갑이 시가 불에 닿았던 모양이다.

"어머, 괜찮아? 나 때문에 그랬구나?"

"아, 괜찮아요."

서 프로가 미안한 표정으로 다가와 걱정스레 살폈지만 장갑은 깨끗했다. 박 순경에게 고개 숙여 고마움을 표하자 그는 양손에 시가를 하나씩 든 채 멋쩍게 웃었다. 두 손에 두꺼운 시가를 들고 있으니 얼핏 보면 쌍권총을 든 것처럼 보였다. 나는 그 모습이 재미있어서 살짝 웃음이 터졌다. 박 순경이 어리둥절한 표정으로 그런 나를 바라봤다.

갑자기 서 프로가 찬 바람을 느꼈는지 몸을 떨며 말했다.

"어우, 확 춥네! 이제 들어갈까?"

"먼저들 들어가십시요잉! 지는 마저 피우고 화장실도 들렀다 갈랑께."

박 순경이 답하자, 서 프로는 고개를 끄덕이며 피우던 시가 불을 바닥에 짓이겨 꺼뜨렸다. 그걸 가게 앞 쓰레기통에 넣고 내게 들어가자며 손짓했다. 내 시가는 좀 전에 박 순경이 가져간 상황이라 돌려달라는 의미로 그에게 손을 내밀었다.

"아, 지 꺼 마저 피우고 한꺼번에 처리하믄 된께. 어여 먼저 들어가시요이!"

박 순경은 여전히 양손에 시가를 든 채 이야기했다. 마음은 고마웠지만 어쨌든 내 흔적이 남아 있는 무언가를 남의 손에 맡긴다는 게 영 껄끄러웠다. 내일 죽기로 마음먹었어도 그동안 지켜왔던 규칙을 깨서는 안 되니까.

"기념으로 간직하고 싶어서요."

내 흔적이 묻은 걸 당신이 처리하는 게 싫다는 말은 할 수 없으니 돌려받을 만한 가장 적당한 이유를 댔다. 박 순경은 잠시 당황스러워하는가 싶더니, 이내 눈을 끔뻑이며 왼손에 들고 있는 시가를 조심스레 건넸다. 저번에도 그의 호의를 호의로 받지 않아 상처를 줬는데, 조금 전 당황스러워하던 그 눈빛을 보니 이번에도 같은 상황이 된 것 같아 내심 미안했다. 하지만 어쩔 수 없었다.

건네받은 시가를 조금 전 서 프로가 했던 것처럼 눈이 쌓인 바닥에 짓이긴 뒤 패딩 주머니에 있던 티슈에 감싸 다시 주머니에 넣었다. 지켜보던 서 프로는 내가 일을 마치자마자 내 등을 감싸 안아 당기며 말했다.

"자, 자, 이제 들어가자!"

그녀에게 이끌려 가다가 박 순경이 걱정되어 돌아봤다. 그는 눈이 쌓여 있던 바닥에 피우던 시가를 천천히 눌러 불씨를 꺼뜨리고 있었다. 그 작업을 하는 박 순경의 표정에 어울리지 않는 비장함이 보였다.

가게에 들어서니, 모두 각자 짝을 이뤄 대화를 나누고 있었다. 한 실장과 대화를 나누던 조 순경은 우리 둘만 들어서고 문이 닫히자 의아한 표정으로 서 프로를 바라봤다. 그 의중을 알아챈 서 프로가 그에게 말했다.

"그렇게 서로 구박해도 짝지가 안 보이니까 바로 찾는 거야? 박은 화장실 들렀다가 온댄다!"

"아, 넵!"

조 순경이 정곡을 찔렸다는 듯 멋쩍게 웃으며 답했다.

"이제 빨리 음식 내올 준비 해야겠다. 자기도 자리에 가서 쉬면서 조금만 기다려. 내가 최고의 만찬을 준비할 테니까!"

서 프로가 나를 보며 말한 후, 곧장 바 테이블을 돌아 주방으로 사라졌다.

나는 바로 자리로 향했다. 옆자리의 황 프로와 홍 과장은 오늘도 저번처럼 자동차 사양 맞히기 게임을 하는 모양이었다. 신이 나서 문제를 내던 홍 과장은 황 프로가 빠르고 정확하게 답을 내놓을 때마다 연신 감탄을 터뜨렸다. 하지만 자리에 앉아서 두 사람의 게임을 계속 듣고 있자니, 그건 홍 과장이 황 프로의 능력을 시험하려 한다기보다는 그걸로 황 프로의 말투를 교정해주려는 의도가 분명해 보였다.

"아, 근데 진짜 심심포차 사라지면 이제 우리 형님 어디서 뵙죠?"

갑자기 홍 과장이 아쉬운 말투로 황 프로를 보며 투덜거렸다. 황 프로가 웃으면서 뭐라고 답하려는 찰나, 갑자기 가게 문이 활짝 열리면서 박 순경이 돌아왔다.

조 순경은 그를 보자마자 놀리듯 말했다.

"박 순경님, 변비십니까? 왜 이렇게 오래 걸……."

"아따, 조 순경! 시방 니가 간이 밖으로 나왔제? 요새 자꾸 선을 넘는다잉? 나가 그동안 오지게 잘해줬나벼? 슬슬 지옥문을 열어브러, 어?"

박 순경이 장난치듯 조 순경의 목을 팔로 조르며 말했다. 조 순경이 캑캑거리며 항복한다는 뜻으로 박 순경의 팔을 빠르게 두드렸다.

"아우, 둘이 왜 또 난리야!"

서 프로가 주방에서 쟁반을 들고 나오며 질색해 외쳤다. 박 순경이 헤헤 웃으며 팔을 풀더니 미끄러지듯 조 순경 옆자리에 앉았다.

서 프로는 작은 접시 하나를 각자 앞에 놓아주며 말했다.

"자, 이제 시작이야! 애피타이저부터 메인에 디저트까지 코스로 쭈욱 뽑아줄 테니까, 단단히 각오들 하라고!"

곧이어 쟁반에 함께 챙겨 온 작은 요리를 차례로 그릇 위에 올려주었다. 앞에 놓인 음식을 자세히 살펴보니 부드러운 바게트에 육회를 올리고 그 위에 잣과 치즈 등을 뿌린 것이었다.

"이야, 이건 술을 부르는데요? 술도 주세요, 서 프로님!"

홍 과장이 흥분한 목소리로 외쳤다. 서 프로도 기분 좋은 듯 높은 톤으로 모두를 향해 이야기했다.

"술은 냉장고에서 원하는 대로 꺼내 먹는 걸로! 음식은 내가 쏘는 거지만 술값은 받을 거니까, 다들 정도껏 마셔!"

서 프로의 말이 끝나자마자, 홍 과장이 자리에서 일어서며 내게 물었다.

"찬휘 씨? 성함 맞죠? 술 뭐 드실래요? 제가 가져다드릴게요."

"맥……주요."

조용히 답한 후 고개를 숙여 그에게 고마움을 표했다. 홍 과장은 빙그레 웃고는 자리에서 일어나 건너편에 있는 냉장고로 향했다. 그는 나에게 줄 맥주와 함께 황 프로와 나눠 마실 소주도 챙겨 자리로 돌아왔다. 한 실장과 두 순경은 거대한 우유팩 모양에 도깨비 같은 그림이 그려진 술을 따르고 있었다.

"오늘도 가져오셨네요?"

내가 텀블러에 맥주 따르는 모습을 본 홍 과장이 신기하다는 듯 물었다.

"어, 찬휘 씨는 항상 본인 텀블러와 식기를 가지고 다녀. 봐, 장갑도 절대 벗지 않잖아. 저번엔 치킨 먹으면서도 맨손을 전혀 안 쓰더라니까!"

바삐 다음 요리를 내오던 서 프로가 끼어들며 장난스럽게 대신 답했다.

나는 황급히 변명하듯 말했다.

"보기 불편하시죠? 죄송해요."

"아니에요! 각자 사정이 있는 거잖아요. 환경에도 좋은 건데 저는 항상 생각만 하고 실천은 못 하고 있거든요. 존경스럽네요, 아하핫."

홍 과장이 멋쩍게 웃음을 터뜨렸다. 옆에서 황 프로가 뭔가 말을 보태려는 듯 입을 열었는데 서 프로가 바로 음식을 내오는 바람에 말하지 못했다. 당황스럽게 입술을 움찔거리는 황 프로가 귀여웠다.

"일본식 온천계란이야. 내가 지리산 산청에서 공수한 유정란을 저온으로 두 시간 동안 익혀서 만든 계란에 맛을 낸 거야. 본격적인 요리 나오기 전에 워밍업 차원에서 후루룩 먹어두셔들!"

오늘따라 서 프로는 더 신난 것 같았고 나는 그 모습이 좋았다. 서 프로는 또다시 다음 요리를 위해 주방으로 사라졌다.

온천계란은 딱 봐도 조화로운 모양새였다. 계란과 연어알, 해초가 마치 그림처럼 작은 공기 안에 자리 잡고 있었다. 첫날 왔을 때도 같은 요리를 서비스로 받았지만 오늘처럼 모양을 낸 것은 아니었다. 오늘 파티는 서 프로가 상당히 정성을 들인 티가 났다. 마지막 시간을 이렇게 보낼 수 있다니…… 기뻤다.

그런데 갑자기 황 프로가 온천계란에 숟가락을 담그다 말고 자리에서 벌떡 일어났다. 휴대폰 알림을 확인한 후 급히 겉옷까지 챙겼다.

홍 과장이 깜짝 놀라 물었다.

“어? 벌써 연락이 왔어요?”

황 프로는 조금은 비장한 느낌으로 고개를 끄덕이더니 아무와도 시선을 맞추지 않고 서둘러 가게를 나섰다. 황 프로가 사라진 가게 문을 바라보던 홍 과장의 표정이 심각했다. 그는 시선을 거두다 나와 눈이 마주쳤는데, 내게 황 프로의 행동을 설명해줘야 한다고 생각했는지 자연스레 입을 열었다.

“아, 근처에 황 프로님 지인분이 사시는데 잠깐 보기로 하셨대요. 근데 지금 연락이 왔나 보네요.”

그렇게 말한 후 어색하게 웃으며 온천계란이 든 그릇을 들어 단번에 호로록 마셨다. 그가 먹는 방식이 신기해서 나도 같은 방식으로 시도해봤다. 쯔유가 한 번에 들어와서 짠맛이 확 느껴졌다. 나는 곧바로 맥주를 들이켰는데, 곁눈질로 본 홍 과장은 미간을 찌푸린 채 다시 생각에 잠겨 있었다.

서 프로가 바로 메인 요리를 내왔다. 양갈비구이라고 했다. 역시 처음 먹는 음식이었다. 조금 전부터 고소한 냄새가 가게를 가득 채웠는데 이것 때문이었던 모양이다. 다른 이들은 익숙한 메뉴인지 큼직한 갈빗대가 붙은 음식이 등장하자 모두 환호성을 질렀다. 서 프로는 혹시나 양고기를 먹지 못하는 사람을 위해 함께 준비했다며 소고기 스테이크도 내왔지만, 모두 고소한 향으로 강하게 유혹하는 양갈비를 선택했다.

양고기는 냄새 때문에 먹지 못하는 사람도 있다고 들어서 조금 걱정했지만 처음 맛보는 고소함에 깜짝 놀랐다. 이런 고기는 처음이었다. 서 프로는 곧잘 먹는 내 모습을 보더니 나를 위해 특별히 신경 썼다고 알려주었다. 고마움에 가슴속 깊은 곳에서 몽글몽글한 떨림이 느껴졌다. 나는 다시 한번 고개 숙여 감사를 표했다. 떠나기 전, 한 가지라도 더 세상을 알고 갈 수 있다는 것에 감사했다.

서 프로가 이후에 내놓은 모든 요리에서도 그녀의 정성을 느낄 수 있었다. 가게 안의 사람들은 모두 그걸 알고 느끼는 것 같았다. 분위기가 점점 더 무르익으며 사람들의 목소리가 높아졌고 서 프로도 덩달아 기분이 좋은지 농담도 많이 하고 웃기도 많이 웃었다.

하지만 나는 여전히 그들을 보는 관객 같았다. 즐겨보자고 다짐하고 노력했지만 묘하게 섞여들지 못했다. 여전히 그들과 동떨어진 세계에 앉아 있는 느낌이었다.

눈을 감고 다른 사람들과 섞여 사는 세상을 상상했다. SF 영화에 나오는 평행 세계. 그 세계에서의 나는 괴물 눈 따윈 가지고 있지 않다. 그러니 숨어 지내지도 않고, 다른 이름으로 살지도 않고, 누군가를 다른 이름으로 살게 하지도 않는다. 그저 평범하게 남들처럼, 나도 저들처럼 살아가는 다른 세계. 편안했다. 따스한 감각이 머리에서부터 천천히 아래로 흘러 내려와 나를 감쌌다.

"찬휘 씨, 왜 그래? 어디 안 좋아?"

서 프로의 걱정스러운 목소리에 눈을 떴다. 상상의 장은 순식간에 걷히고 나는 내가 있어야 마땅할 곳으로 돌아왔다. 서 프로의 눈을 마주 보며 나는 살짝 미소를 지었다. 천천히 고개를 가로저어 그녀의 걱정을 날려주었다.

지금 이 순간만은 그녀 덕분에 충분히 행복했다. 무거웠던 마음도 없었다. 잠시 후 집에 돌아가면 내 생애 마지막 프로그래밍을 마무리하겠지. 그렇게 프로젝트를 마감하는 데 주저함은 전혀 없을 것이다. 서 프로를 향해 한 번 더 크게 미소를 지어 보였다.

그때 갑자기 황 프로가 가게 문을 힘껏 열어젖히며 들어섰다. 나를 포함한 모두가 놀라서 그를 돌아봤다. 그의 뒤로 낯익은 여성 한 명이 따라 들어왔다. 문 형사였다. 만약 오늘 이곳에 도착하자마자 그녀와 마주쳤다면 당황스럽고 힘들었을 테지만, 지금은 아니었다. 모든 걸 완전히 내려놓게 된 나는 오히려 반가운 마음에 미소를 띠고 문 형사를 바라봤다.

그런데 박 순경과 조 순경이 기다리고 있었다는 듯 자리에서 벌떡 일어났다. 그러나 그들의 움직임은 반가움 때문이 아닌 것 같았다. 두 사람은 심각한 표정으로 문 형사 뒤쪽에 자리를 잡고 섰다.

나는 황 프로와 문 형사의 얼굴을 다시 자세히 보았다. 두 사람은 굳은 표정으로 한 사람을 바라보고 있었다. 바로 나였다.

무슨 일이지? 왜……?

영문을 알 수 없던 나는 멍한 표정으로 그들을 마주 보다가, 문득 가게를 채우고 있던 따뜻한 기운이 갑자기 사라진 걸 깨달았다. 어느새 분위기가 차갑게 가라앉아 있었다. 비단 열린 문으로 들어온 바람 때문만은 아니었다.

문 형사가 내게 시선을 고정한 채 다가오자, 홍 과장이 일어서며 길을 내주었다. 내 앞까지 온 문 형사는 점퍼 주머니에서 은빛의 뭔가를 꺼내 들었다. 수갑이었다. 그리고 감정이라곤 전혀 느껴지지 않는 차가운 말투로 말하기 시작했다.

"K금융지주, W은행, T펀드 서버에 잠입하여 데이터를 해킹한 혐의로 체포합니다. 당신은 묵비권을 행사할 권리가 있으며……."

문 형사의 입에서 전혀 예상하지 못했던 말이 튀어나왔다. 나는 문 형사가 뱉어내는 딱딱한 단어들을 들으며 자리에서 천천히 일어섰다. 가게 입구는 박 순경과 조 순경이 막고 있었다. 나는 천천히 주위를 둘러보며 사람들의 표정을 확인했다. 당황한 눈빛은 없었다. 여기 있는 모두가 이 상황을 기다리고 있던 듯했다. 바 테이블 안쪽의 서 프로와도 눈이 마주쳤다. 그녀는 씁쓸하지만 담담한 표정으로 나를 바라보고 있었다.

비로소 알았다. 서 프로가 이 모든 판을 짰다는 것을.

머릿속에서 커다란 종소리가 울렸다. 오늘 이곳에 들어서기 직전, 가게 앞에서 서 프로가 말한 그는 혹시 나였던 걸까? 나를 그렇게까지 생각하고 있었다는 건가? 심지어 내게 직접 내 운명을 선택할 기회를 주었던 건가?

나는 급히 다른 사람들의 얼굴을 다시 살폈다. 그제야 내가 긴장을 늦추는 바람에 보지 못했던 그들의 진짜 모습이 보였다. 재빨리 옆자리에 놓인 홍 과장의 소주잔을 들어 냄새를 맡았다. 강하게 찌르는 알코올 향이 느껴져야 마땅했지만 잔에 채워진 액체에서는 아무런 냄새도 나지 않았다. 살짝 맛을 보았다. 물이었다. 두 순경과 한 실장이 마시던 것도 투명한 술이었으니 이것과 마찬가지일 거라 예상할 수 있었다.

결국 이곳에서 조금이라도 취한 사람은 나 혼자였다. 모두 또렷한 눈빛으로 준비된 듯 나를 보고 있었다. 서 프로가 짠 그림에서 그들은 모두 철저히 계산된 연극을 수행했다. 나를 잡기 위해서.

모든 것을 깨닫고 상황을 알게 되었으면 나를 함정에 빠뜨린 서 프로와 이 사람들에게 배신감과 원망이 생기는 게 당연할 텐데, 이해되지 않는 일이 벌어졌다. 이들이 이렇게까지 한 것에 오히려 고마운 마음이 들었다. 게다가 내 손을 거치지 않고 모든 걸 끝낼 수 있다는 안도감이 더 강하게 치고 올라왔다. 첫날 여기에 우연히 들러 귤 내음이 나는 따뜻한 차를 마셨을 때처럼 편안한 기운이 나를 감쌌다.

말없이 두 손을 문 형사에게 내밀었다. 차가운 수갑이 맨살에 닿자 나도 모르게 낮은 신음이 새어 나왔다. 서 프로가 테이블 너머로 두 손을 뻗어 나를 묶은 수갑을 감싸 쥐었다. 자신의 온기로 수갑을 데워주는 거였다. 끝까지, 작은 부분까지 그녀는 여전히 나를 걱정하고 있었다. 내가 어떻게 감히 이런 사람을 원망한단 말인가.

떨리는 목소리를 감추려 애쓰며 서 프로에게 물었다.

"언제…… 어떻게 아셨어요?"

그녀는 나를 바라보다가 시선을 돌려 문 형사와 눈을 맞췄다. 문 형사가 짧게 고개를 끄덕이자, 서 프로가 수갑 쥔 손을 자신 쪽으로 당겨서 내가 그녀와 마주 서도록 했다. 그리고 차분히 설명을 시작했다.

"결벽증. 자긴 그걸 이유로 텀블러와 수저를 가지고 다니고 식사 중 단 한 번도 장갑을 벗지 않았지. 그런데도 가게엔 연달아 방문했잖아? 내가 아무리 깨끗이 관리한다고 해도, 그 정도로 결벽증이 심한 사람이 남들과 함께 사용하는 그릇이나 테이블은 크게 신경 쓰지도 않고 외식을 자주 한다는 건, 말이 안 된다고 생각했어. 게다가 저번엔 테이블에 떨어졌던 치킨도 아무렇지 않게 먹었잖아. 조 순경이 5초 법칙을 이야기하긴 했지만, 진짜 결벽증이 있는 사람의 행동이라고 보기엔 어딘가 맞지 않았어."

그랬구나. 나는 작게 한숨을 내쉬었다. '류찬휘'라는 인물의 데이터베이스를 구성할 때 값을 충분히 넣어두지 않았기 때문에 발생한 오류인 셈이었다. 하지만 원래 규칙에 따라 생활했다면 두 번 이상 마주치지 않아 드러나지 않았을 버그였다. 이곳에 자주 오기로 결정했을 때 예외 처리와 함께 데이터를 수정하거나 보강했어야 했다. 그걸 놓친 게 실수였다.

"그리고…… 박 순경과 조 순경이 얼마 전부터 근처 금융권 사무실에서 접수된 침입 신고를 조사 중이었어. 사무실 침입은 대부분이 도둑이니 남자를 용의자로 보기 마련인데, 찬휘 씨가 최초의 프로그래머에 대해 이야길 한 거야. 그래, 러브레이스 백작 부인. 그 말에 조 순경은 남자만 쫓던 관점을 바꾼 거지."

이 또한 내가 내 발목을 잡은 것이었다. 정체를 들킬 수 있는 정보를 경찰 앞에서 떠들어댔다니. 그날 예기치 못하게 감정이 격해진 탓이었다.

"그 사건이 계속되는 상황에서 밤늦게 가게를 찾는 찬휘 씨가 수상하다는 생각이 들었지만, 처음엔 그래도 모든 게 우연이라고 믿고 싶었어. 항상 혼자였고 말도 적고 계속 눈을 피하는 찬휘 씨를 보면서 비슷한 행동을 하던 예전 사건 관계자가 떠올랐거든. 사람들에게, 세상에 상처받고 자기만의 세계로 숨어들었다가…… 결국 범죄까지 저지른 사람이었어. 원칙에 따라 그를 처벌하면서도 그 사람이 참 안타까웠거든. 그래서 찬휘 씨에게도 마음이 많이 쓰였나 봐."

서 프로는 수갑을 잡고 있던 손을 조금 미끄러뜨려 내 손을 맞잡았다. 가죽 장갑을 끼고 있는데도 그녀의 따뜻한 온기를 느낄 수 있었다.

"그런데 조 순경이 찬휘 씨 이름을 한번 확인해달라고 했어. 사무실 직원 중에서 출입 신분증이 도용된 사람이 있는지 확인해보겠다고. 그래서 내가 한번은 일부러 카드 계산을 유도했던 거야. 그런데 신용카드에 새겨져 있던 이름은 '나인호'였던가? 하지만 나중에 자기가 직접 알려준 이름은 류찬휘였지."

문 형사와 반설을 만난 날이었다. 흔적을 남기지 않기 위해 현금을 주로 사용했지만 가끔 필요한 경우가 있어서 차명 신용카드도 몇 개 가지고 있었다. 그런데 그날은 반설의 정체를 알게 되면서 제정신이 아니었던 탓에 카드를 확인하지 않고 넘겼던 게 문제였다. 류찬휘 이름의 카드도 있었건만, 모든 게 이렇게 될 운명이었던 걸까.

"카드 명의와 다른 이름에 난 다시 혼란스러웠어. 직접적인 관련이 명확히 보이진 않아도 여러 정황과 의문스러운 구석이 너무 많이 보였으니까."

서 프로의 눈빛이 슬프게 빛났다. 날 걱정하는 진심이 보였다.

"그러던 중 기업 한 곳의 서버실에서 모낭 채로 뽑힌 머리카락 한 가닥이 발견됐어. DNA 분석을 했더니 역시 용의자는 여성이었어. 그런데 분석 결과에서 특이한 특징이 하나 더 나왔다고 했어. 범인은 상염색체에 이상이 있었어. 멜라닌 색소가 일반인 대비 결손된 거라고 하더라? 연구소에서는 그것 때문에 용의자가 백색증(白色症) 같은 확연히 눈에 띄는 신체적 특징을 가지고 있을 거라고 설명했대. 하지만 찬휘 씨는 피부나 머리카락이 그 정도까지 달라 보이지는 않잖아. 그래서 난 모든 게 오해일 수 있다고 희망을 가졌어. 다시 한번 우연의 장난을 믿고 싶었던 거지."

그때 조 순경의 목소리가 끼어들었다.

"하지만 저는 생각이 달랐습니다. 요즘엔 화장이나 가발 같은 것으로 마음만 먹으면 숨길 수 있다고 생각했으니까요. 지금은 겨울이라 몸이 거의 드러나지 않는 데다, 찬휘 씨는 장갑도 절대 벗지 않았으니까 더 의심스러웠습니다. 그래서 증거가 될 만한 게 나올까 싶어 제가 실수를 가장해 소지품을 살폈던 겁니다."

그랬던 거구나. 그날 조 순경이 내 가방을 떨어뜨린 건 실수가 아니었다. 오히려 실수는 사건 이야기에 정신이 팔려 가방을 제대로 닫아두지 않은 내가 저질렀다. 나도 모르게 자조적인 코웃음을 쳤다.

서 프로는 내 손을 잡은 손에 힘을 주었다. 따뜻한 눈빛으로 나와 눈을 맞추더니 두 눈을 번갈아 보며 말했다.

"서클렌즈, 그래서 사용했던 거지? 검은 서클렌즈로 감췄지만 미묘하게 다른 찬휘 씨의 양쪽 눈빛. 오드아이인 거지?"

나는 그녀에게 경의를 표하듯 말없이 고개를 숙여 인정했다.

모든 데이터가 운명처럼 조합되어 만들어진 결과였다. 나의 작은 실수들과 혹시나 했던 안일함, 서 프로의 추리, 조 순경의 기지, 예기치 못한 인물들과의 만남 그리고 증거 분석 결과까지.

우연과 인연, 선택과 그에 따른 결과가 나를 지금 이 순간, 이 상황에 자리하게 만들었다.

건너편에 있던 한 실장이 자리에서 일어서며 담담하게 말을 더했다.

"하지만 서 프로님은 모든 걸 알면서도 심심포차의 마지막 파티를 찬휘 씨와 함께하고 싶다고 하셨습니다. 조금이나마 행복감을 더하는 기억을 심어주고 싶다고요. 찬휘 씨가 어떤 사람인지, 정말 범인이 맞는지에 대한 확인도 함께하고 싶다셨습니다. 임의동행으로 조사하면 훨씬 쉽게 처리할 수 있는 일이었지만, 저희는 서 프로님의 마음을 따라드리기로 했습니다. 그래서 모두 함께한 겁니다."

범인이 맞는지에 대한 확인?

내 얼굴에 떠오른 의문을 읽어낸 듯 홍 과장이 입을 열었다.

"시가에 묻어 있던 찬휘 씨의 타액으로 DNA 검사를 진행했어요."

"시가요? 그건 제가 챙겼는데?"

나는 놀라서 반문했다. 아까 시가를 챙겨서 분명히 내 패딩 주머니에 넣었다.

박 순경이 앞으로 나서며 조심스레 말을 보탰다.

"그거시…… 원래는 나가 불을 대신 꺼준다고 하고 대기 중이던 거시기한테 넘기믄 됐었는디, 갑자기 다시 달라고 한께 당황허긴 해브렀는디……."

내가 놀란 눈으로 쳐다보자, 박 순경은 긴장한 듯 침을 꿀꺽 삼키고 마저 설명을 이었다.

"그라서 그냥…… 내 껄 줬지라."

아. 시가를 쌍권총처럼 들고 있던 박 순경의 모습이 다시 떠올랐다. 어느 쪽이 내 것인지 확인할 생각은 하지 않았다. 당연히 그가 건네준 것이 내가 피우던, 내 흔적이 묻어 있던 시가일 거라고만 생각하고 티슈에 고이 싸서 주머니에 넣었다. 나는 어이없는 상황이 오히려 재미있게 느껴져 실소를 터뜨렸다.

황 프로도 뭔가를 이야기하고 싶었는지 앞으로 한 발 걸어 나오며 말했다.

"바, 박 순경이 넘긴 시, 시가를 휴—대용 중합효소 연쇄반응* 기로 돌렸습니다. DNA 분석 기, 기기입니다. P, PCR이라고 부릅니다. 대, 대기 중이던 유전자 감식 연구원이 분석을 시행했고서, 서버실에서 발견된 머—리카락의 유전자와의 일치 여부, 염색, 염색체 이상에 대한 결과를 확—인했습니다!"

아까 홍 과장과 훈련해서인지 황 프로의 말 더듬는 횟수가 훨씬 줄고 말투도 부드러웠다.

시가가 이 상황을 만든 마지막 열쇠였다. 그렇다면 내가 뽑았던 당첨 쪽지도 처음부터 조작되어 내게 왔을 가능성이 높았다.

* 중합효소 연쇄반응(polymerase chain reaction, PCR): 분자생물학 분야에서 DNA 절편을 시험관 내에서 복제·증폭하는 반응을 통해 관심 있는 DNA를 몇천에서 몇백만 개 이상의 절편으로 증폭시키는 기술.

내 인생에서 쉽게 만날 수 없던 행운이란 생각에 더 기뻤던 그 일은, 역시 내게 걸맞지 않은 것이었다.

황 프로의 말을 끝으로 가게는 적막에 휩싸였다. 나는 이미 모든 걸 내려놓았기 때문에 그저 홀가분한 느낌이었다. 고개를 들어 서 프로를 바라보자, 그녀도 내 마음을 읽었는지 미소를 지으며 조용히 물었다.

"찬휘 씨, 그것도 가명이지? 본명은 뭐야?"

"용찬이에요. 류용찬."

"한자는?"

그녀의 물음에 말없이 수갑 찬 손을 들어 올렸다. 서 프로가 의아한 눈빛으로 잡고 있던 자신의 손을 풀었다. 나는 홍 과장의 소주잔에 있던 생수에 오른 검지를 담갔다. 장갑 끝이 물을 머금자 그 물로 나무 테이블 위에 한자를 적었다.

"'떳떳할 용'에 '빛날 찬'이네? 앞으론 진짜 이름처럼 살아. 떳떳하게, 빛나게. 용찬 씨."

서 프로는 다정하게 어르듯 이야기했다. 말을 끝맺는 그녀의 눈에 눈물이 살짝 비친 것도 같았다. 나는 미소를 지으며 다시 그녀의 얼굴을 마주 보았다. 그 상황에서도 서 프로의 얼굴을 조금 더 보고, 조금 더 기억해두고 싶었다. 내게 가장 행복한 일주일을 선물해준 사람. 내게 정성이 가득한 음식을 만들어준 사람. 내 생명을 구하겠다고 오토바이 앞에 뛰어든 사람. 생애 처음이자 마지막으로 나를 위한 파티를 기획해준 사람. 그리고…… 나를 단

죄하고 나에게 다른 삶을 살라고 조언해준, 유일한 사람.

문 형사가 내 손목을 잡고 살짝 당겼다. 이제는 가야 한다는 의미였다. 순순히 그녀를 따라 걸음을 옮겼다. 문 앞에 다다르자 박 순경과 조 순경이 내 양팔을 하나씩 잡았다. 그들에게 이끌려 문으로 향했다. 곧장 가게 밖으로 걸음을 내디디려다 문득, 서 프로를 돌아봤다.

혹시 내 죄가 너무 커서 형량이 높게 나온다면 그녀를 다시는 못 보게 될 수도 있으리라. 그녀의 지병이 계속 그녀를 괴롭힌다면, 그로 인해 혹여 내가 걱정하는 선택을 그녀가 하게 된다면, 정말로 그렇게 되어버릴 것이다.

그걸 막기 위해 뭐라도 해야 했다. 그녀를 세상에 붙잡아두고 싶었다. 결국 어깨까지 돌려 서 프로에게 떨리는 목소리로 작별 인사를 건넸다.

"잘못된 선택을 막아주셔서 고맙습니다. 부디 건강하셔서…… 제가 죗값을 치른 후 다시 뵐 수 있기를."

눈물이 솟을 것 같아 말을 끝맺을 수 없었다. 동요를 감추기 위해 재빨리 고개를 돌렸다. 사람들은 내 말에 당황한 듯 조금 웅성거렸다. 내가 서 프로를 원망하지 않고 이런 말까지 남기는 것이 쉽게 이해되지 않아서겠지. 그들은 지난 일주일이 내게 어떤 의미였는지 알 수 없을 테니, 어쩌면 당연한 일이었다.

가게 밖 길모퉁이에 이미 경찰차와 다른 경찰관들이 대기하고 있었다. 그들을 향해 걸어가면서 뒤를 확인하진 않았지만, 나는 서 프로가 문가에서 지켜보며 기다리겠다는 의미의 굳건한 미소를 짓고 있으리라 확신했다.

내 입가에도 미소가 떠올랐다.

심심포차를 나서던 언제나처럼, 만족스럽고 행복했다.

## 에필로그

"무슨 의미일까요? 서 프로님, 혹시 어디 아프십니까?"

한 실장이 영문을 모르겠다는 얼굴로 서 프로에게 물었다.

서 프로가 문 형사와 순경들이 연행해 가는 용찬의 마지막 모습을 확인하고 돌아서며 묘한 미소를 입가에 띤 채 답했다.

"그러게 말이야, 나도 도통 무슨 말인지 모르겠네."

"근데 서 프로님, 찬휘, 아니 용찬 씨가 만약 시가에 관심이 없었다면요? 이벤트에 참여하지 않겠다고 했으면 유전자 채취는 어떻게 하려고 하셨어요?"

이번엔 홍 과장이 고개를 갸우뚱거리며 물었다. 그 말에 서 프로가 입술을 삐죽거리더니 장난스럽게 답했다.

"당연히 차선책도 미리 다 생각해놨지! 음식을 맛보라고 먹여주면서 젓가락 끝으로 입 안을 찌른다든가, 여차하면 칼을 떨어뜨려서 피를 낸다든가……."

"네에?"

홍 과장이 말도 안 된다는 표정으로 질겁하며 소리쳤지만, 서 프로는 즐겁다는 듯 빙그레 웃었다. 황 프로는 서 프로의 말이 농담이지 진담인지 파악하기 위해 이마를 찡그리며 심각한 표정으로 생각에 잠겼다.

건너편에 혼자 있던 한 실장이 세 사람이 모여 있는 쪽으로 걸어오며 물었다.

"그나저나 서 프로님, 포상금으로는 뭐 하실 계획입니까?"

"무슨 말이야? 포상금이라니?"

서 프로가 금시초문이라는 눈빛으로 되묻자, 한 실장은 의외라는 듯 설명을 시작했다.

"모르고 계셨습니까? K금융지주 쪽에서 화이트해커들을 대상으로 포상금을 걸었습니다. 고객 데이터 유출이 되지 않은 상태에서 범인을 잡을 수 있게 해주는 조건으로요. 유출 여부를 확인해보긴 해야겠지만, 서 프로님이 포상금을 받으실 가능성이 커 보입니다."

"뭐? 그, 그게 얼만데?"

서 프로는 예상치 못한 정보에 평소답지 않게 말까지 더듬거리며 물었다. 한 실장은 서 프로와 마주 보는 의자에 자리를 잡으며 머릿속으로 어림짐작한 답을 내놨다.

"고객 데이터양에 따라 배수로 책정되는 거였으니까, 못해도…… 억 단위가 되지 않을까 싶습니다만."

"정말……이야?"

서 프로는 믿을 수 없다는 듯 소리 죽여 되묻고는 생각에 잠겼다. 이내 활짝 웃으며 소리쳤다.

"나, 그러면 심심포차 계속할 수 있겠는데?"

"정말, 정말입니까? 자, 잘됐습니다, 선—배님!"

황 프로가 만면에 웃음을 올리며 소리 높여 외쳤다. 하지만 그와 동시에 한 실장과 홍 과장은 조금 난감한 표정으로 즉시 눈빛을 교환했다. 두 사람은 서 프로가 이 가게를 계속 운영한다고 한들, 여전히 수월치 못한 장사 수완으로 다시 돈만 까먹고 가게 문을 닫게 될 거라고 확신했다.

"홍 과장님!"

한 실장이 서 프로의 눈을 피해 속삭이듯 홍 과장을 불렀지만, 그는 황 프로에게 말을 걸며 딴청을 피웠다. 한 실장의 표정이 순식간에 하얗게 질렸다.

"계약 연장하자고 건물주에게 당장 연락해야겠다. 내 휴대폰 어디 갔지? 어디 갔나, 내 휴대폰?"

"서, 서 프로님! 지금은 시간이 너무 늦었으니까, 내일, 내일 전화하시죠! 교양 있는 서 프로님은 전화 예절을 지키셔야지 않겠습니까, 네?"

한 실장이 흥분한 채 휴대폰을 찾던 서 프로를 급히 제지했다. 내일 가서 말리는 건 두 순경을 불러서 떠넘길 생각이었다.

서 프로는 그런 한 실장의 계획은 꿈에도 생각하지 못한 채 흥분한 목소리로 외쳤다.

"하긴, 이 시간에 전화하는 건 교양인의 자세가 아니지? 하하하하!"

특유의 카랑카랑한 웃음소리가 평소보다 훨씬 크게 가게 안을 채웠다.

## 작가의 말

삶을 지속하는 이유는 사람마다 백만 가지 다르겠지만, 어쩌면 거창한 포부나 미래의 꿈보다 '내일 아침에 뭐 먹을까'나 '다음 달에 개봉할 프랜차이즈 영화를 보고 싶다' '친구와 함께 보내는 시간이 즐겁다' 등의 소소하지만 소중한 욕구 때문인지도 모릅니다.

용찬이 심심포차에서 듣게 될 범죄 사건 얘기나 서 프로가 준비해줄 음식을 기대했던 것처럼요.

주인공 용찬은 경계심이 강하고 스스로 고립된 인물이었습니다. 그렇게 살아야 생존할 수 있다고 믿었던 경험 때문입니다. 그러다 보니 자신의 관점으로만 상황을 판단해 오해하기도 십상이지만, 본인이 그걸 제대로 인식하지 못할 정도로 외로운 사람이

기도 합니다.

그런 용찬이 의미 없는 삶을 끝내려고 할 때, 또 다른 주인공인 서 프로를 만나게 됩니다. 서 프로와 그 주변의 사람들로 인해 이전에는 느끼지 못했던 감정과 상황을 경험합니다. 스스로 세운 방어막 때문에 볼 수 없었던 진실과 마주합니다. 마음을 기댈 언덕 하나를 발견하면서 과오를 반성하고 새로운 희망을 품습니다.

저는 '기억(경험)'과 '우연(운명)'이 우리의 삶을 만든다고 생각합니다. 과거의 경험이 그 사람의 성격 형성에 영향을 미치고 그 성격으로 세상을 살아가면서 만나는 우연들이 운명처럼 인생을 완성한다고요.

우연은 우리가 어떻게 할 수 없지만 기억은 경험으로 덧씌우는 게 가능합니다. 아프거나 고통스러운 기억을 물로 씻듯 완전히 지울 수는 없겠지만, 따뜻하고 아름다운 경험으로 조금이나마 상쇄시킬 수 있다면 우리는 더 행복하게 살 수 있을 겁니다.

더불어 짐작하건대, 우연에도 우리가 할 수 있는 일이 있습니다. 바로 기다리는 것입니다.

용찬이 운명처럼 우연히 자신을 보듬어준 서 프로를 만난 것처럼, 독자분들도 지금 당장 무언가 이뤄지지 않아 답답하고 힘들더라도 조금만 기다려보시면 좋겠습니다.

제 이야기가 1년 이상 묻혀 있다가 마침내 여러분과 만나게 된 것처럼, 분명 어딘가에서 당신의 인생을 바꿀 운이 모습을 드러낼 시기를 기다리고 있을 테니까요.

홍선주

# 심심포차 심심 사건



초판 1쇄 인쇄일 2023년 4월 13일
초판 1쇄 발행일 2023년 4월 27일

지은이 홍선주
펴낸이 정은영
책임편집 정사라
디자인 이선희 박정은
마케팅 한정우 전강산
제작 홍동근

펴낸곳 네오북스
출판등록 2013년 4월 19일 제2013-000123호
주소 10881 경기도 파주시 회동길 325-20
전화 편집부 (02)324-2347, 경영지원부 (02)325-6047
팩스 편집부 (02)324-2348, 경영지원부 (02)2648-1311
이메일 neofiction@jamobook.com

ISBN 979-11-5740-358-5 (03810)